Krieg

Günther Siebert

Krieg

Ein Weg der Wahrheit

Bibliografische Information der Deutschen Nationalbibliothek: Die Deutsche Nationalbibliothek verzeichnet diese Publikation in der Deutschen Nationalbibliografie; detaillierte bibliografische Daten sind im Internet über http://dnb.dnb.de abrufbar.

Günther Siebert
Krieg
Ein Weg der Wahrheit

Das Manuskript aus dem Jahr 1947 wurde einem gründlichen Korrektorat unterzogen und der aktuell gültigen Rechtschreibung angepasst.

Alle Rechte des Buchtextes sind vorbehalten
und liegen beim Autor.
© Günther Siebert
Ansbach, Oktober 2014

Foto des Buchumschlages: „SépultureCathelineau". Lizenziert unter Creative Commons Attribution 2.5 über Wikimedia Commons - http://commons.wikimedia.org/wiki/File:S%C3%A9pultureCatheli neau.JPG#mediaviewer/Datei:S%C3%A9pultureCathelineau.JPG (Statue auf dem Friedhof de la charteuse in Bordeaux)

Herstellung und Verlag:
BoD – Books on Demand, Norderstedt

ISBN: 978-3-7357-7440-8

Krieg ist leichter angefangen als beendet.

Napoleon Bonaparte

I.

Es ist Winter geworden.

Vorbei sind die schönen Tage des Sommers, vorbei die lauen Nächte, dahin das Bild des bunten Waldes, dahin das Lied unserer gefiederten Freunde. Alles scheint in einem großen Schlaf zu liegen: tot und unfruchtbar.

Tage zuvor tanzten noch die weißen Flocken durch die Luft. Zuerst langsam, dann vom Wind getrieben, setzten sie sich auf die harte Erde, hüllten Wälder und Felder, Wiesen und Gärten, Land und Stadt in Weiß. Die Kinder hingen an den Fenstern, griffen mit den kleinen Händchen in die Luft und aus ihren klaren Augen leuchtete die Freude: „Es schneit, Mutti schau: Es schneit!"

Aber ach, nicht lange dauerte der Tanz der Flocken – am Himmel zogen wieder die schweren aschgrauen Wolken vom Abend hin zum Morgen. Der aufkommende Wind trieb sie – sie mussten ziehen.

Stand in den Augen der Kinder vor kurzer Zeit noch die Freude an dem schönen Spiel der Schneeflocken, so hatte sich jetzt die Angst ausgebreitet, die Angst, dass man morgen nicht mit den Schlitten rodeln könne, und sie zürnten der „Frau Holle", die gar zu faul sei.

Aber es half alles nichts – es schneite nicht mehr. Nur dünn war die weiße Decke: Hier lugte die Erde hervor, dort hatte sich das Gras nicht zudecken lassen; alles schien wie das Fell einer gescheckten Kuh, das weit, weit über die Erde gespannt war.

Das ist vergangen. Heute am Heiligen Abend steht der grimmige Frost vor der Tür. Der klare, dunkle Winterhimmel zieht sich über das Land, von Horizont zu Horizont. Langsam steigt Stern um Stern auf – sie senden ihr Licht zu den Menschen, damit sie den Weg finden. Langsam steigt auch die

Sonne der Nacht aus dem Schlaf empor und zieht ihre Bahn. Der Mond steht über einer kleinen Stadt, die sich hineindrängt in die Feierlichkeit des Festes – der Heiligen Weihnacht. Die Menschen eilen noch durch die Gassen und Straßen und suchen die Häuser; sie suchen die Wärme des Lichtes, den glühenden Ofen.

Am Fenster stehe ich träumend, ein Sohn dieses Städtchens, ein weißes Blatt in der Hand, und leise murmelnd lese ich die Worte: „Hoffentlich sind Sie nicht schwer verwundet. Ich wünsche Ihnen von Herzen völlige Genesung!" Dann stocke ich. Erst nach einer Weile fahre ich fort: „Bitte, geben Sie mir doch Nachricht über meinen lieben Roland, um den ich so in Sorge bin."

Eine lastende Stille liegt in dem Raum. Es ist dunkel geworden. Aus der Ecke simmt das Wasser im Kessel auf dem Ofen. Ich aber sehe ein anderes Bild: Vor mir sitzt ein Mensch, eine sorgende Mutter. Irgendwie ruht sich ihr Körper aus. In einer stillen Ecke, heute, heute am Heiligen Abend. Ihre von Arbeit beschriebenen Hände hat sie gefaltet in den Schoß gelegt; ihre Stirn zeigt die Jahre der Sorgen und des Kummers; ihre Augen hängen verloren an dem Licht der brennenden Kerzen. Sie ist verlassen; sie ist allein – nur die Gedanken wandern zurück in eine Zeit des Glücks, in eine Zeit des Friedens, in eine Zeit, wo Jung und Alt an diesem Abend um den Baum standen, wo Roland noch fragte „Mutti: Durch welche Tür ist denn das Christkind gekommen?"

Eine Träne kullert über das zerfurchte Gesicht. Plötzlich schaut sie erstaunt und verloren zur Tür. Hat es geklopft, hat Roland gerufen? Von draußen tönt es durch die Nacht herein, erheben Kinder ihre Stimmen: „Stille Nacht, Heilige Nacht" – eine stille und heilige Nacht. Sie ruht über der Erde, ruht über den Lebenden und Toten; sie schläft über den Lieben zu Hause und über den Söhnen in der Ferne; sie ruht über Glück und Frieden und auch über Elend! In dieser stillen und heiligen Nacht sitzen Menschen um den Baum, ziehen Menschen verlassen, ermattet, verloren über die Landstraßen; in dieser Heiligen Nacht klopfen hungernde Kinder an die Türen der glücklichen Menschen. Glück und Elend in einer Heiligen Nacht, und die Menschen singen:

    Ehre sei Gott in der Höhe ...

Ehre dem Gott, der duldet, dass Menschen aus Hass Unschuldige von Haus und Scholle jagen und mit der Peitsche schlagen? Ehre dem Gott, der Menschen hungern und frieren lässt, der Menschen mäht wie Gras und der die Söhne in die Fremde führt, um sie dort zu lassen? Ja: Ehre dem Gott in der Höhe!

Die Gestalt der verlorenen Mutter ist wieder zusammengesunken. Es wird nur der Zweig eines Baumes gewesen sein, der gegen das Dach schlug. Sie ist allein, allein im Leben. Noch liegt alles im dunklen Schleier um sie, noch kann sie es nur mit dem Gefühl einer Mutter spüren, dass die Bande zu ihrem Sohn zerschnitten ist, dass sie alleine bleibt! Ich senke meinen Kopf und murmele noch einmal ihre Worte: „Bitte" – schon in diesem Wort liegt so viel Liebe einer sorgenden Mutter – „geben Sie mir doch Nachricht über meinen lieben Roland, um den ich so in Sorge bin!"

Und wieder dringt es durch die Räume, dringt es durch das ganze Land:

    Stille Nacht, Heilige Nacht!

Dieses Bild der trauernden Mutter am Heiligabend weicht nicht aus meinen Gedanken. Überallhin folgt es; überall steht es mahnend und bittend vor mir. Und ihrer Augen Blick geht durch mich hindurch, weit fort, bis zu dem stillen Ort, dem unbekannten, wo sie ihn, den Toten oder Lebendigen, erreichen kann, wo sie fühlt, hier muss er leben oder hier muss die fremde Erde ihn decken, ihr Same, ihre Frucht! Wieder heben sich die Augen auf und fragen, fragen hinein in die Stille des Raumes, fragen den Unbekannten. Ich setze mich ihr im Geist gegenüber und beginne langsam zu reden, leise, um den Frieden hier in der kleinen häuslichen Welt nicht zu stören. Ich muss sprechen, nicht länger hält es meine Zunge; ich muss sprechen, weil so viele nicht mehr reden können; sie hat der Tod gerufen, ohne nach dem Alter zu fragen. Ich muss berichten, weil die Welt es nicht sieht, nicht weiß oder nicht sehen oder wissen will – ich muss! Es ist kein Befehl, wie ihn die scharfe Stimme auf dem Kasernenhof brüllte – nein: Es ist eine Stimme, die Tag für Tag leise geklopft, die Tag für Tag gerufen hat und der ich jetzt gehorche. Eine Stimme, die jeder Mensch in sich trägt, bewusst oder unbewusst, die bei jedem Menschen sich regt, aber zu wenig gehört wird, die zurückgestoßen und abgewiesen wird wie der arme Wanderer, der von Haus und Heimat vertrieben ist und der um ein Stückchen Brot bittet. Härte war das Symbol unserer Zeit, Härte wurde gesät, Härte wird nun geerntet.

Mutter meines Freundes: Sie haben mich gebeten; ich wollte schreiben. Mutter, Sie haben mich gerufen und gefragt; ich wollte antworten – ich habe geschwiegen. Einen Lichtschein, den Sie von mir erhofften, habe ich gelöscht mit meinem Schweigen. Verzeiht! Ich konnte nicht; ich konnte nicht die Feder zur Hand nehmen: Ich schrieb nur „Tod". Ich konnte kein Wort Ihnen sagen: Es klang nur „Tod"!

Alles, mein Wünschen, mein Sehnen, mein Hoffen und mein Wollen, war von einem großen Sterben erfüllt; mein Tun war schlaff. Doch langsam wuchs wieder der Gedanke zum Leben! Das Licht, das den Menschen erleuchtet, fand ich wieder in der dunklen Welt, und aus den Träumen der Todesschatten stieg ich wieder empor. Mir schien wieder die Sonne: Mir lachte die Welt – und ach, so viele wollten leben, wollten sich ergötzen, von ihnen aber wich nicht mehr der kühle, ängstliche und dunkle Schatten des Todes. Sie starben. Die einen starben mit einem Lächeln auf den Lippen, die anderen aber kämpften, um den Klauen des knochigen Gerippes zu entfliehen. In ihnen fraß die Angst, die Sorge um das Kommende. Sie besannen sich, dass sie einmal vor langer, langer Zeit von einem Gott gehört hatten.

Gott – Gott, Richter der Welt? Richter auch über Sie? Nein, nein, kein Gott! Nur Leben: Leben, wenn auch dem Teufel verschrieben. Das waren Todeskämpfe, schwerere Kämpfe als von Mann zu Mann, Kämpfe mit einem Geist, den man nicht greifen konnte, weil man ohnmächtig war! Ich lebe nun wieder, und weil ich lebe, muss ich die Bitte der Sterbenden erfüllen. Ich habe die Pflicht, ihre letzte Bitte, die ihnen auf den Lippen stand, zu verkünden. Es war eine Bitte an die Lieben zu Haus, an Vater, Mutter und Geschwister; es war eine Bitte an die Menschen überhaupt. Sie, die Toten, sind stumm; aber sie sind Zeugen meiner Worte und Zeugen, deren Blut ihr Bekenntnis besiegelte. Es ist ein Bekenntnis von Phrasen, von Herrenmenschentum und Rassenwahn; es ist ein schlichtes Bekenntnis, das mit einfachen, aber auch mit mahnenden Worten von der Wahrheit spricht. Wahrheit ist etwas, das die Menschen schon seit langer Zeit suchen – etwas, das die Menschen schon damals wie eine Klippe zu umschiffen versuchten, Wahrheit, die die Menschen mit den Füßen zertrampelten und an deren Stelle sie den Zweck setzten; das war der Menschen scheinbarer Nutzen.

Aber mochte auch das kommende und gierige Meer der Massen um diese Säule branden; die Säule ist nicht untergegangen, nicht zerbrochen; verebbt aber ist die Flut, die sich gegen die Wahrheit erhob; dahin ist die Kraft der Mächte; dahin ist der Geist, der die Masse trieb. Ist er wirklich zerbrochen, oder was hält die Menschheit noch so in Angst?

Vom Turm schlägt die Uhr durch die Winternacht, einmal, zweimal, viermal, zehnmal! Dann ist wieder alles still, doch nur draußen. Die Stimmen aber schweigen nicht. Vergangene Bilder ziehen vor meinen glänzenden Augen vorüber und bleiben wach: Erinnerungen, die kein Mensch wie Staub verwischen kann, und jedes Bild, jede Erinnerung wird zur Gestalt und formt die forschenden Worte: „Schweige nicht, du bist der Letzte von uns!"

Diese Worte formt der Mund des Freundes, der sich mühsam durch die ebene, tief verschneite Landschaft des Ostens schleppt. Der mit hagerem Gesicht, mit einem schmutzigen Verband um den Kopf und zerrissenen Lappen um die Füße immer noch hofft, den Weg in die Heimat zu finden. „Schweige nicht", flüstert der sterbende Kamerad, der am Boden liegt und vor Schmerzen sich bäumt, der mit Wehmut den Tod erwartet. „Schweige nicht", klagen die Frauen, die in grimmiger Kälte auf den Straßen liegen, Haus und Hof verlassen haben. „Schweige nicht", sagen mir die Zeilen einer bittenden Mutter, die nun allein in der Welt steht. „Bitte geben Sie mir doch Nachricht über meinen lieben Roland, um den ich so in Sorge bin!"

Roland, diesen Namen kenne ich schon seit meinen Kindertagen, nicht nur den Namen, sondern auch den Jungen, meinen Freund! Wir wuchsen zusammen auf, teilten uns die Freuden und Leiden der Schule, kannten unsere Geheimnisse, unsere Lieben, und auch der Weg in die Zukunft führte uns zusammen, bis uns – ja, bis uns eine göttliche Macht trennte.

II.

Über das weite Land strich der Wind und meldete das Kommen des Herbstes. Das Bild der Landschaft wurde bunt. Nicht mehr ragte das goldgelbe Getreide, nicht mehr leuchteten die saftgrünen Blätter; der Bauer schälte den Boden, hinter ihm suchten die Scharen von Raben nach Nahrung. Aber noch war das Land nicht eingeschlafen – noch keine Winteröde. Der Herbst glich dem Frühling in Regen und Sonnenschein. Die Natur atmete den Frieden. Der Wind wehte über die Schollen der Felder, drückte die Stämmchen der jungen Pflanzung, kräuselte das Wasser des Sees und eilte dem nahen Wald zu. Unter den Bäumen trat ein älterer Mann mit einem Bund Reisig auf dem Rücken hervor. An seiner Hand führte er einen kleinen Knaben; er mochte fünf Jahre zählen. Seine Haare hingen wirr um den Kopf herum, aus seinen Augen quollen die Tränen. Der Alte redete heftig auf ihn ein, und ab und zu hob er noch seinen Krückstock, wahrscheinlich um seinen Worten mehr Nachdruck zu verleihen.

„Ich werd' dir helfen, allein im Wald herumzustromern und die Hexe zu suchen, du närrischer Kerl – du! Deine Mutter wird dich schon vermissen und dir nachher den Hosenboden strammziehen." Die beiden waren an uns vorübergegangen, und ich musste noch lange lachen.

„Tante, wen wollte der Bub suchen?" „Aber Richard, kennst du den Roland aus dem Hinterhaus denn nicht?" „Nein, der ist mir noch nie begegnet." „Ach, der ist zu bedauern. Sein Vater ist arg krank, nun muss seine Mutter sorgen, dass sie etwas zu essen haben und Kleider auf den Leib bekommen. Bis spät in die Nacht hinein brennt oft das Licht in dem Dachkämmerlein."

Tante und ich waren in den Schatten des Waldes gekommen. Schweigend gingen wir über den mit Tannennadeln bestreuten Weg. Die Kiefern überragten majestätisch die Tannen und Fichten. Die Blätter der Laubbäume wurden vom Wind geschüttelt und hin und her gehetzt. „Tante, komm! Es wird dunkel, und ich möchte noch das Licht brennen sehen, das aus der Dachstube fällt."

An diesem Tag war mir zum ersten Mal jener Roland begegnet und fortan sollte er nicht mehr meinen Weg verlassen. Wir fanden uns zusammen, spielten auf dem Hof, oder wir saßen am Ufer des Baches und sahen den Fischen zu, die sich im Wasser tummelten.

Wochen waren durchs Land gezogen. Tagelang lachte die Sonne vom leicht bewölkten Himmel, dann wieder lag der neue Tag hinter einem grauen Schleier von Regen, Nebel und Wolkenmassen. Es fehlte die Wärme der Sonnenkugel. Oft habe ich am Fenster gestanden und gewartet, bis drüben im Hinterhaus das Licht angezündet wurde. Reine kindliche Ehrfurcht beseelte mich, die mit den Worten der Tante in mein Herz gelegt worden war. Wie gern hätte ich einmal diese Stube gesehen und am Lager des kranken Vaters meines Freundes gestanden. „Ja, Roland und Richard sind Freunde geworden", sagte ich mir!

Auch jetzt gaben das eintönige Grau und der schmutzige Regenhimmel dem Tag das Gepräge. Die Welt schien bereits zu trauern.

Alle Einzelheiten dieses Tages sind mir so deutlich in Erinnerung geblieben. Alle Bilder sind so tief geschnitten worden, dass sie bis heute nicht verblasst sind. In uns selbst wurde an diesem Tage ein Schleier von Trauer gehängt.

Roland und ich spielten wie immer, da schreckte uns plötzlich eine weinende Stimme auf, die aus dem Fenster drang. „Das ist meine Mutter, komm ..." Wir hasteten so schnell wie möglich die Treppe hinauf und traten scheu in das Zimmer. Das war also der Raum, aus dem Abend für Abend bis spät in die Nacht, ja oft bis zum Morgen hin der Lichtschein fiel; das war der Raum, der so viel Kummer und Sorge beherbergte; das war der Raum, aus dem das Weinen drang, das angstvolle

Stöhnen. Wir standen wie aus Holz geschnitzt an der Tür. Tränen stiegen in Rolands Augen, und er stürzte vor und rief mit klagender Stimme: „Vater, Vater!" Er blieb stumm. Roland warf sich zu Boden, legte sich neben die Mutter, die mit ihrem Leib den Körper ihres Mannes deckte. Er lag still, die Augen waren geschlossen. Aus den Mundwinkeln trat ein weißer Schaum.

Den ganzen Raum erfüllten ein Klagen, ein Weinen und ein Jammern. „Mann" ... „Vater – bleibe, werde wach!" Ich schämte mich und blieb stumm an der Tür stehen.

Es klopfte, die Tür knarrte in den Angeln; ein großer, stattlicher Mann mit grauem Kopf schritt auf die Liegenden zu – der Arzt. Man bettete den Kranken in sein Bett. Die Mutter wollte nicht weichen, die Tränen strömten wie aus einem reichen Quell. Bleich wie der Tod lag der Mann in den Kissen und rang nach Luft. Da! Er öffnete sogar die Augen und irrte mit seinen Blicken im Zimmer umher, als ob sie etwas suchten. Am Bettende kniete der kleine Roland; er hatte seine Finger gefaltet und murmelte einige Worte, so wie er es von der Mutter gelernt.

Der Arzt horchte, schüttelte den Kopf, zog die Weste aus und horchte wieder. Dann richtete er sich auf, ging einige Schritte zurück und legte seine Hände ineinander. Die Frau warf ihren mit Sorgen beladenen Körper über den Mann und schluchzte. Er aber hob seine farblose, knochige Hand auf ihr Haupt und winkte seinem Sohn. Sollte das der letzte Segen sein?

Qual und Schmerz standen in seinen matten Augen und in dem fahlen, verzogenen Gesicht. Er war gezeichnet, aber immer wieder – als müsse er es zum Trost oder aber auch zum Abschied tun – glitt seine Hand über ihre Häupter. Noch einmal bewegten sich seine Lippen. „Will er sagen, dass er scheiden muss, dass der Tod schon bei ihm gewesen ist und ihn gerufen hat?" – „Mache dich bereit, du Menschenkind!"

Da erhob sich die Frau, nahm ein Buch zur Hand und begann zu lesen. Es sollte ein letzter Trost sein. Sie wusste: Er muss sterben; sie kann nicht Nein sagen und der Heiland ... Sie stockte. „Lies mir weiter", drang es ganz leise aus der Ecke des Raumes. „Vor mir liegt schon das Land der Wolken, dort kommt der Wagen, schöne Sterne – schöner Himmel ..."

Er legte den Kopf mit dem kurzen Haar leicht zur Seite. Aus seinen Augen drang der letzte Blick in die Menschen, dann erstarrte die Hand, der Mund – er starb!

Roland war bis jetzt ganz still gewesen, doch nun stürzte er sich über den toten Körper und rief leise, dann lauter: „Vater, Vater: Wo willst du hin?" Aber er bleibt stumm. Roland war nun ohne Vater; sein Vater war tot.

In dieser Nacht jagte der Sturm durch die Gassen. Er riss und zerrte an dem Fensterladen wie ein Hund an der Kette. Schauerlich klang irgendwoher der heisere Ruf eines Vogels. Ich kauerte mich unter meine Decke. Das also war der Tod.

Wenige Tage später sah ich Roland wieder. Man trug den Sarg hinaus zum Friedhof. In dunklen Kleidern oder Anzügen schritten die Frauen und Männer schwerfällig hinter dem Sarg her. Auch ich durfte mitgehen. Die Glocken kündeten diesmal zur Trauer; sie klangen auch so anders, so wehmutsvoll, so traurig. Es neigten sich die Weiden, die hart am Wege standen; es rauschten die Pappeln. Langsam senkte man den dunklen Sarg in die kühle Erde. Roland streute die letzten Blumen auf ihn, auf seinen verschiedenen Vater. Der Junge verbarg sein schluchzendes Gesicht im Kleid seiner Mutter, die gebückt von der Last, aber in stiller Trauer Abschied nahm von dem Leib ihres Mannes.

Nach diesen schweren Tagen verstrichen die Wochen und es verstrichen die Jahre. Frühling, Sommer, Herbst und Winter sind mit ihren Freuden und Leiden durch die Welt gezogen. Nichts hatte sich im Bild der Landschaft und des Städtchen verändert. Abends brannte immer noch bis spät in die Nacht die Lampe im Dachstübchen. Doch nur noch selten spielten wir Knaben im Hof oder saßen am Bach. Das ist mit den Jahren vergangen. Meine kleinen geflickten Hosen und die Blusen sind vertauscht worden gegen einen blauen Matrosenanzug mit einem breiten Kragen über dem Rücken, worauf drei weiße Litzen genäht sind. Aber auch dieser Anzug hängt schon oft verlassen und wie ausgedient im Schrank.

Mit den Jahren waren auch andere Menschen hinzugekommen. In den Zügen redete man davon; in den Gaststätten diskutierte man; auf den Plätzen standen die Menschen und johlten und schrien mit. Wir reihten uns ein; wir liefen mit; wir marschierten mit; wir fuhren mit. Warum?

Alle Jungen in unserem Alter waren dabei. – Warum also sollten wir abseits stehen? Auch wir wollten etwas erleben, wollten die Welt sehen, wollten etwas für unsere hungrigen Seelen tun. Wir hörten Reden; wir hörten Worte wie Treue, Kameradschaft, Glauben; uns lockten die Zelte und die Lagerfeuer.

Doch eines stimmte bei uns – bei Roland und mir – nicht ganz: Abends, wenn wir erhitzt und begeistert uns auf den Heimweg machten, überfiel uns immer eine Scheu. Eine Angst hatte sich in das volle Herz geschlichen, und sie sollte nicht weichen.

Was war es, was uns so beklemmte?

Wir suchten – aber nein: Es gab nicht viel zu suchen; wir wussten es wohl. Es waren die Eltern und die Witwe. Sie redeten ganz anders als die Masse; sie schrien nicht wie die anderen. Sie hoben nicht den Arm zum Gruß. Sie schwiegen und weinten wohl in sich hinein. Nur selten kam ein Wort über ihre Lippen.

Und eines Tages ging Vater nicht mehr zur Arbeit. – „Man hat mich an die Luft gesetzt, weil ich frei sein will." Plötzlich wurde gepackt. Wir nahmen Abschied: Aufbruch – Abbruch – Umzug.

Hier verlor sich zunächst die Zeit unserer Knabenfreundschaft. Ich musste Roland zurücklassen, aber der Weg der Zukunft brachte uns doch wieder zusammen.

In dem grauen Gewand der Soldaten standen wir uns später erneut gegenüber; unsere Augen leuchteten und abends fanden wir kein Ende, um sie zu schließen. Es sind Rolands Worte, die er mir anvertraute und die ich im Folgenden wiedergebe. Ob er wohl schon wusste, dass er selbst keine Zeit mehr finden würde, sie niederzuschreiben?

III.

Es ist Sommer geworden.

Sommer 1939: Er steht im vollen Glanze. Das Getreide färbt sich goldgelb. Die Bäume zeigen ihre grünen Blätter, die flatternden Vögel trillern ihre munteren Weisen. Unten am Fluss neigen sich die Weiden über dem Wasser, die Beeren des Waldes färben sich und diese Farbe, dieses Leuchten singt dem Sommer. Der Tag liegt im gleißenden Sonnenschein.

Es ist Sonntag – es läuten die Glocken: Sie klingen so voll. Aus den Häusern und Höfen werden die Menschen zur Kirche gerufen. Es sind nicht viele, die dem Ruf folgen. Einige alte Männer, die schwerfällig noch Schritt um Schritt wagen, und einige andachtsvolle Frauen.

Die Sonne steigt, die Luft beginnt zu flimmern. Roland zieht mit seinen Schulfreunden hinaus. Es lockt der Wald, der erwachte und lebensfrohe. Sie suchen Ruhe im weichen Gras einer Lichtung zwischen Nelken und Schwermut. Roland spürt, dass er beobachtet wird; er fühlt eine innere und fremde Last. Vorsichtig, lautlos schiebt er sich herum – er scheint sich geirrt zu haben, nur eine dicke Hummel fliegt tief brummend auf.

Doch es weicht nicht der Gedanke, das Gefühl eines verborgenen etwas steigt in ihm auf, bis es zur Gewissheit wird. Wieder schiebt er seinen Körper zur Seite, biegt die Grasbüschel nieder, stützt sich auf seinen linken Arm – und schaut in zwei dunkle, ruhige, glänzende Mädchenaugen. In Roland regt sich hinter der sterbenden Kinderseele der frühe Wille eines jungen Mannes. Er fühlt, dass sie um seine geheimsten Gedanken weiß. Sie weiß, dass nun ein rätselhaftes Geheimnis zu Ende geht. Die Kraft einer ungenannten Gewalt lenkt beide und ergreift Besitz von ihnen. Zärtlich fährt er über ihre schmale Hand. Er fühlt einen inneren Strom – das Blut beginnt zu steigen.

„D ...", kommt es ihm stotternd über die Lippen, „du ..."
Sie lächelt. Dieses Lächeln macht Roland frei von einem Druck, der wie die Krallen einer Würgehand auf seiner Kehle lag. Seine Augen werden weich und bittend. Er will sprechen, will den Mund öffnen, doch da legt sie schnell einen Finger auf ihre fein geschnittenen roten Lippen – er schweigt!
Romantisch rauscht der Wald und die Sonne glüht gleich der still und erhaben entzündeten neuen Flamme ihrer Herzen.

Die ganze Schar wandert nun durch die stillen Waldpfade; eine Natter ringelt sich durch das Flechtwerk des Mooses und verschwindet; sie schreiten durch die Fluren der Felder. Die Halme des Getreides neigen sich im Wind, die Schmetterlinge gaukeln durch die Luft – und erst spät am Abend öffnet Roland seinen Mund und spricht den ersten Satz: „Ich liebe dich."

Zaghaft legt er seinen Arm um ihre Schulter, ein leiser Schauer geht durch ihren Körper. Er neigt seinen Kopf und bedeckt mit heißen Lippen ihren Mund. Alles schweigt, alles ruht, nur aus dem Tal tönt eine Glocke. Sie schlägt einmal, zweimal, dann ist es wieder still.

Sie stehen auf der Höhe und ihre Augen wandern über die kleine Stadt, die ins Dunkel nun drängt. Angstvoll schleichen Haus und Hof, Fluss und See, Wald und Wiese in den Schutz der kommenden Nacht. Irgendwo klagt ein Hund; er bellt und keucht ... Dann aber ist es wieder still. All dies liegt ihnen zu Füßen, während die Erde zu schlafen beginnt.

„Schau – dort", vorsichtig lugt über dem Waldrand die Scheibe des Mondes hervor. Er beginnt seinen Weg und mit ihm erblühen Stern um Stern.

1939 – ein Sommer in seiner Blüte. Doch nicht jeder Tag liegt im goldenen Sonnenschein. Ab und zu legt sich der dichte Nebel schwer und drückend über die Landschaft. Er hüllt Berg und Tal, Wald und Feld in einen undurchsichtigen Schleier – bis ein aufkommender Wind wieder Leben in diese Ruhe bringt. Er hetzt den Nebel vor sich her und wirbelt ihn in tollen

Reigen auf und nieder. Und dieser Wind wird stärker. Er fährt zwischen das dahinsegelnde Grau, zerrt es auseinander und zerreißt es. Der Wind spielt wie ein Kind mit den einzelnen Fetzen, treibt Nebel gegen Wolken und Wolken gegen Nebel; es ist das ewige, unruhevolle Wirken der Natur. Durch die einzelnen Nebellappen zeigen sich schwach die Umrisse der Landschaft. Der Wind ist zum Sturm geworden. Im nächsten Augenblick zieht er den Vorhang wieder zu und beginnt von Neuem sein Spiel mit dem willigen, weißgrauen Gewölk. Endlich nimmt der heulende Sturm die Nebelwand mit fort. Alles kann man nun sehen. Der Sturm wirkt wie eine Erlösung. Sein Lied bringt Leben in die Stille und Eintönigkeit des Tages. Ohne ihn wirkt alles seicht und eintönig, wie der Regen, der dann und wann vom Himmel fällt. Er klopft an die Fensterscheiben, als ob er Einlass begehre. Aber wer würde diesem Gast schon die Türe öffnen wollen?

Pfeilschnell, viel zu rasch gleiten die Tage vorüber, und Tag für Tag wächst und reift der junge Mensch.

Ein Bild haftet seit Tagen in meinem Freund Roland, das unverwischbare Bild des Mädels. Er will es nicht wahrhaben, dass er Stunde um Stunde daran denkt, und doch ertappt er sich immer wieder dabei. Die Wurzeln verankern sich immer fester; sie finden bald keinen Raum mehr in dem klopfenden Herzen. Abend für Abend gehen sie hinaus, Roland und Friedel! Die Sommerwolken glühen über dem dunklen Saum des Waldes. Ein Kuckuck ruft leise; die Heckenrosen blühen und duften; das trockene Gras knistert unter ihren Schritten; eine Eidechse huscht über den schmalen Weg. Ein Adler rauscht mit starkem Flügelschlag durch die Luft und stößt einen heiseren Schrei aus.

Sie verharren und stehen sich oft in einer gefesselten Starrheit gegenüber, oder sie lassen sich unter der alten, ehrwürdigen Linde, die auf der Höhe steht, nieder – jetzt hüllt sie die Dunkelheit ein. Roland legt den Arm um Friedel. „Ach, ich finde dich schön!", sagt er und streichelt sie zärtlich. Er ist ja so überrascht in das Land der Liebe getreten, unerfahren und die Kräfte nicht kennend. Spät kehren sie nach Hause zurück; er hält sie in seinen Armen. Jede Beklemmung ist wie weggeblasen. Spät lösen sie sich und reichen sich die Hände, um Abschied zu nehmen: „Gute Nacht!"

Ach, nie hat er einen Sonntag vergessen. Wie leuchteten und glänzten seine Augen, wenn er davon erzählte.

„Der goldene Ball lachte vom bläulichen Himmel. Ein Glöcklein tönte aus der Ferne. Friedel und ich gingen hinaus in den nahen Wald. Etwas dämmrig und auch feierlich still wie in einer Kapelle war es. Leise, vorsichtig, um diese Feierlichkeit und Stille nicht zu stören, gingen wir dahin. Um uns und über uns flüsterte und raunte es. Ein Habicht stieg schreiend von einem Baum hoch, ein glänzender Käfer krabbelte über das Strauchwerk. Die Ameisen hasteten und rannten geschäftig hin und her. Die Sonne stieg höher und die Vöglein zwitscherten ihre Lieder. ‚Husch!' – hoppelte ein Hase über den Pfad. Wir kletterten über Stock und Stein, durch Busch und Gesträuch. Ein Reh rannte in langen Sätzen über die Waldwiese.

An einem Stamm trommelte ein Specht. Dort, unter hohen Buchen lag der kleine See, ein stilles Plätzchen. Ich erinnerte mich an vergangene Jahre, in denen wir zusammen – noch als kleine Jungens – aus dem Tümpel, dicht daneben, mit einer Blechbüchse die Lurche und Fische und Salamander schöpften. Jetzt stand Friedel gebückt am Ufer und neckte und bespritzte mich. Wir legten uns an den Hang in das grüne Moos und ließen uns von der Sonne, die durch die Blätter der Bäume sah, Arme und Beine bescheinen. Meine Augen ruhten sich an ihr aus, an ihrer Gestalt, an ihren schlanken und festen Beinen, an ihrem feinen Gesicht.

Kann man davon betrogen werden?

Friedel atmete tief und ruhig. Über ihre Beine krabbelte ein Käfer. Unwillkürlich schreckten wir beide aus unseren Träumen auf. Ich hielt meine schützende Hand über sie und nahm behutsam den Störenfried und redete ein ernstes Wort mit ihm. Verstanden hat er es wohl nicht, der Käfer.

‚Wolltest du das Glück mit mir teilen, oder wolltest du mir Glück und Freude stehlen? Nein, das kannst du mir doch nicht antun.' Ich setzte den Käfer in das hohe Gras. Friedel hatte ihr dunkles Haar gelöst; es hing wirr herab und machte sie noch reizvoller. Mein Herz lief über, und ich spielte mit meinen Bubenfingern in ihren Locken. Es stiegen Träume der Zukunft auf. So sind die Stunden, die Stunden des Glücks, des Friedens. Die Stunden der Unzufriedenheit und des Streits – sie fließen dahin; sie stehen auf am Morgen und gehen zur Neige am Abend. Das Letzte im Leben, was man gewinnen kann, ist nichts haben zu wollen als Erinnerungen.

Erinnerungen, die dem Menschen helfen, dem Tode mit Zufriedenheit und Ruhe zu begegnen. Erinnerungen haben zu wollen – auch in der Liebe!"

Die Zeit eilte mit großen Schritten. Schwüle lag über den Menschen, Schwüle lag über der Landschaft. Es war das Jahr 1939.

Roland stand noch lange am Fenster und lauschte. Aber vergebens suchte er den Mond und die Sterne. Der Himmel lag bedeckt mit schweren, tiefdunkel geladenen Wolken. Er konnte nicht schlafen; es lag etwas in der Luft. Dann begann es auch zu regnen, vor den Fenstern entstand ein Brausen, ein Gewitter zog herauf, ein Gewitter lag über der kleinen Stadt, ein Gewitter lag über dem ganzen Volk, über der ganzen Welt. Wer aber hatte es verstanden?

Blitze erhellten sekundenlang das Zimmer. Alles war zu erkennen in dem kleinen Raum. In der Ecke der eiserne Ofen, der Schrank an der Wand, das Bücherregal und darüber das Bild seines toten Vaters.

Aber die Menschen leben nicht nur dort, wo sie mit am Tisch sitzen und plaudern, – nein, auch von der Ferne aus sind sie anwesend. Und selbst der Tote lebt weiter, in allen, die ihn kannten.

Grollen, wie hundertfach verstärkte Glockenschläge, tönte über der Stadt, zog durch das Tal und fing sich an den Wänden wieder, und ... tönt!

Es zog vorüber mit seiner Mahnung an uns Menschen; es zog weiter, um allen zu verkünden: Macht euch bereit!

Roland schlief ein und träumte, träumte einen Traum, der sein Leben beenden sollte, doch nicht nur sein Leben, nein, auch das Leben so vieler, vieler Menschen.

Er sah die Menschen friedlich durch den Tag gehen; sie drückten nicht allzu große Sorgen. Man machte wohl Nichtigkeiten zu Wichtigkeiten – allgemein war der Mensch zufrieden. Doch die Sonne lachte zu schön, zu goldig war das Gesicht. „Aber da, die Zieren und Schleifen am Himmel drohen. Es gibt anders Wetter, andere Zeiten!"

Und wirklich, es tauchten Wolken auf: schwarzgraue düstere Wolken. Sie bedeckten bald das Blau des Himmels. Es entstand ein unruhiges Hin und Her. In der Ferne leuchtete es ab und zu. Wetterleuchten über der ganzen Welt, nicht nur über uns. Schon gegen Morgen, als sich die dunkle Wand wieder verzogen hatte, formten sich die letzten Reste der Wolken – die noch standen – zu einem Wort, das wir in seinen tiefen Gründen und Ausmaßen nicht kannten: Sie formten sich zu einem Mahnmal, zu einem flammenden Zeichen, das da hieß: „Krieg".

„Aufbruch, Umbruch – Krieg", raunten die Menschen. Mütter weinten, Menschen lachten verächtlich, Frauen und Bräute schluchzten. Wir standen in schweren Stunden, in Nächten banger Sorge, in Nächten, die zum Tag wurden, in Nächten, in denen man auf den Morgen wartete – dann wurden diese Nächte ganz schwarz. Uns verschlang ein großes, gieriges Maul.

Roland erwachte: „1. September! Krieg!"

In diesen Tagen nehmen viele Abschied, ein Abschied, der nur Ungewissheit zurücklässt. Auf den Bahnhöfen sammeln sich die Massen zum letzten Gruß. Mit wehmütigem Gesicht hängen die Männer in den Fenstern, die Jugend lacht und singt; sie lassen kein Gut zurück, das im Herzen liegt. Die Frauen kämpfen gegen die Tränen und die Kleinen recken die Arme, als wollten sie sich nicht trennen von dem Menschen, den sie „Papa" rufen.

Das Schnauben der Lokomotive hallt im Bahnhof wieder, langsam schieben sich die Wagen fort, Tücher werden gehoben – der Zug ist abgefahren. Scharen von Menschen strömen vom Bahnsteig. Manche stehen noch mit winkender Hand und mit tränengefüllten Augen. Sie nehmen Abschied von ihren Liebsten; sie nehmen Abschied vielleicht für immer. Keiner kennt seinen Weg und weiß, wie das Schicksal ihn führt. Nur ein Wort darf jetzt dem Menschen gelten: „Krieg!"

Ja, es ist merkwürdig mit uns Menschen. Steht die Zeit der Not und Trennung, steht die Gefahr vor der Tür, so möchte man noch einmal so schnell leben, möchte Nächte zu Tagen machen, möchte nur erleben, erleben!

Eine innere Kraft treibt uns, und wir gehorchen ohnmächtig. Der Mensch, der sich verschließt und die Einsamkeit sucht, ist zu bewundern, denn er legt ab den Reichtum, mit dem er gefüllt ist; er verzichtet auf die Stunden des Glücks auf dieser Erde.

Auch Roland spürt dieses volle Gefühl; er spürt die Gefahr, die vor der Tür lauert – aber er kennt nicht den Weg in die Einsamkeit. Er kennt nicht den Verzicht; er ist zu jung, und Jugend fordert immer ihr Recht, auch wenn es zur Sünde führt. Er kennt keinen Tag mehr, an dem nicht die Liebe zum Menschen führt; er kennt keinen Abend mehr, an dem ihn die Einsamkeit umspannt; er kennt nur ein tiefes Gefühl des Glücks.

Die Liebe hat eine so wunderbar wohltuende Stimme, die immer wieder lockt, eine Stimme aber, die schrecklich zugleich klingt. Ist es Sünde?

Auch für Roland kommt der Tag, an dem der Marschbefehl in den Briefkasten fällt, auch für ihn kommt der Tag, an dem er

Abschied nehmen muss, auch für ihn kommt der letzte Abend. Eigentlich gehört dieser Abend der Mutter, die für ihn gesorgt hat, in den schweren Tagen ihrer Witwenschaft. Aber sie findet keine bösen Worte, nur Traurigkeit schwingt in ihnen.

Sein Weg geht vorbei am Fluss, der wie eine weite, dunkle Fläche daliegt. Am anderen Ufer zeichnet sich schwach die Kastanie ab. In der Stille hört man die Regungen und das Rauschen des Wassers. Vom sternenvollen Himmel löst sich etwas Glänzendes und zieht seine schnelle Bahn. Rolands Lippen sprechen leise einen Wunsch. Dann steht er vor dem großen Haus – vielleicht zum letzten Mal!

Noch einmal zieht er an der Glocke; noch einmal setzt er den Fuß über diese Schwelle. Das letzte Mal, der letzte Abend!

Mutter hat schon heimlich Tränen vergossen. Niemand von uns Menschen kann sagen: Ich kehre wieder. Keiner weiß es, jeder hofft es nur.

Friedel hat das kleine Zimmer geschmückt. Ein erfüllender Duft kommt von den dunkelroten Rosen, die auf dem Klavier stehen. Sie hat ein dunkles, enges Kleid angezogen, das so recht die Linien ihres Körpers wiedergibt. Sie ruht auf dem Sofa, spielt mit den Kissen, spielt mit dem weichen Haar ihres Freundes. Sie sucht seine blauen, klaren Augen. Tief neigt sich Roland über ihre Hände und berührt sie mit den heißen Lippen.

Im Raum brennen nur zwei Kerzen, eine für Friedel, eine für Roland. Ab und zu flackern sie, immer kleiner werden sie. Das Wachs fließt hinab in den Ständer – die Tränen der Kerzen!

Der letzte Abend!

Leise, weiche Musik tönt von draußen herein. „Komm Friedel." Und in gleichen Schritten heben sie sich durch den Raum. Ihre Augen fließen ineinander, nicht nur ihre Augen, ihre ganze Gestalt ist von dem Einssein, dem Zusammengehören getragen. Sie wiegen ihre Körper, bis es verrauscht und sie versunken lauschen.

„Darf ich noch einmal um mein Lied bitten, Friedel?" Seine großen, blauen Augen brennen verlangend. Sie geht zum Klavier; Roland lehnt an der Wand und schaut zum Fenster hinaus.

Da dringen die Töne, zart zuerst, dann schwellend; es klingt ihre Stimme, so rein, so bittend in die Dämmerung:

Brüderlein fein, Brüderlein fein
musst mir ja nicht böse sein
Brüderlein fein, Brüderlein fein
musst nicht böse sein
Scheint die Sonne noch so schön
einmal muss sie untergehn
Brüderlein fein, Brüderlein fein
musst nicht traurig sein

Roland lauscht. Die Musik strömt und sprengt sein Herz. So will er das Bild von Treue mit hinaustragen, nicht auf dem Papier – nein, allein in seinem Herzen. Sein Bild! Schon lange ist es dunkel geworden. Friedel legt ihren Arm auf seine Schulter. Es finden sich ihre Lippen; sie pressen sich aufeinander – lange!

Es wird still: Still wird die Landschaft; still wird es in Stadt und Land.

Spät am Abend, in der Nacht nimmt Roland seinen Weg. Abschied nehmen ist schwer, besonders in diesen Zeiten. „Heute noch rot, morgen schon tot", sagt der alte Nachtwächter immer. Ein Lichtschein fällt ihm entgegen, als er die Stufen der knarrenden Treppe hinaufsteigt.

Mutter hebt leicht den Kopf, den sie in beide Hände gestützt hatte, und schaut tief in seine Augen. Vor sich hat sie ihr Buch: das Buch der Bücher, in dem sie Abend für Abend liest.

„Ich bin noch wach, Roland. Komm, tritt nur näher und lass deine Mutter noch einige Worte mit dir reden." Sie schob ihm einen Stuhl hin und er setzte sich nieder, schaute in die von

Trauer erfüllten Augen seiner Mutter. „Du musst Abschied nehmen", klingt die zitternde Stimme der Mutter durch den kleinen Raum. „In diesen Zeiten nehmen viele Menschen Abschied, viele gehen hinaus und wissen nicht, was sie erwartet. Vielleicht wartet die Welt, das große Leben, vielleicht wartet ein Mensch, vielleicht steht aber auch der Tod mit seinen Schrecken vor der Tür und wartet. Keiner kennt seinen Weg, und das ist auch gut so. Viele gehen davon, ohne Bilder der Erinnerung in sich zu tragen, ohne Speise in den Seelennöten. Viele gehen davon mit Tränen in den Augen; sie können nicht scheiden, und es ist nur ihr Körper, der dem Befehl folgt, die Seele bleibt! Viele gehen mit Lärmen und Lachen davon: Wir werden es schon schaffen! Und wir in der Heimat warten, warten. Das ist unsere Bestimmung.

Es zieht der einzelne Mensch hinaus, aber es geht hier nicht um ein Einzelschicksal; es geht um ein Volk. Ihr könnt nicht das Wort „Krieg" kennen; ihr habt nicht die Opfer und Schrecken gesehen, habt nicht in Nächten mit banger Erwartung gesessen. Nein – ihr wisst es nicht! Ihr seid wie die Kinder, die einmal froh sind, den Augen der Mutter entlaufen zu sein – die froh sind, durch die Gassen und Straßen der Stadt zu eilen, ganz allein, ganz nach eigenem Willen. Aber wenn die Dämmerung hereinbricht und das Kind den Heimweg sucht, wird die Not groß. Es sucht und sucht.

Auch ihr werdet einmal suchen; ihr werdet in Nächten der Angst um Leben oder Tod suchen; ihr werdet im Staub und Dreck fremder Erde suchen. Nicht viele werden es finden, nicht vielen leuchtet in dieser Dunkelheit das Licht, in einer Zeit, wo die dunklen Wolken des Verfalls über das ganze Land ziehen und von der Ohnmacht der Menschen zeugen, aber nicht nur der einzelnen Menschen – nein, auch der ganzen Masse, auch des Volkes.

In diesen Stunden muss der Mensch etwas Festes haben; er muss eine Insel kennen, auf die er sich flüchten kann, wenn das Meer zu tosen beginnt. Krieg ist mehr als Schlachten, Krieg ist mehr als Abschiednehmen und Trennung, Krieg ist die Hefe für alle Dinge – Elend, Hunger, Tote und Trümmer. ‚Krieg ist Untergang. Ein Volk geht unter, das andere steigt auf'."

Durch die Nacht schlägt eine Glocke, bald ist es Mitternacht. „Mutter sorge dich nicht, mit dem Frühlingsanfang werde ich wieder bei dir sein!"

„Ach, Junge! Glaube doch nicht den Worten lügnerischer Menschen, glaube doch nicht den Heilsparolen, die in diesen Zeiten wie Pilze aus der Erde schießen, glaube meinen Worten, Worten deiner Mutter; denn aus mir bist du geboren, gewachsen – ich habe dich getragen. Uns umspannen Netze, die nur der Tod für Zeiten zerreißen kann. Menschen irren, wenn sie glauben euch von den Müttern nehmen zu können. Wir sind doch die gesunden Blutsteile in diesen Zeiten des Verfalls, und wir tragen auch die Verantwortung für die Kinder. Ich bin nicht gefragt worden, als man schrie – ‚Krieg! Wir wollen Krieg!' Deshalb kann ich nicht froh sein. Mit weinendem Herzen gebe ich dich hin, weil ich muss!

Aber ein Trost bleibt mir, das Hoffen auf die Gerechtigkeit und das Wort, das ich vorhin gelesen habe: ‚Wir wissen aber, dass denen, die Gott lieben alle Dinge zum Besten dienen'."

„Doch, Mutter – schau! Wie steht es in der Welt? Liebe die Gottlosen, die sind glücklich auf der Erde und erben Güter. Ihnen fällt die Masse zu. Was sie reden, das wird getan. Und manches alte Mütterlein plagt sich Tag für Tag, sammelt das wenige Holz zum Kochen und scheut nicht bei Wind und Wetter dem Ruf des Glöckleins zu folgen. Wo bleibt hier die Gerechtigkeit?"

„Mein Sohn, du erhebst eine schwere Anklage. Deine Augen schauen mit dem Licht der Welt, sehen nur die Güter und das Geld im Beutel. Aber was sind sie, wenn der Tod ruft? Eine Hand voller Sand – genauso, als wenn ein Kind, das den Luftballon nicht kennt, ihn in die Hände nimmt und erstaunt ist, wenn er zerplatzt. So sind die Güter hier. Wie heißt doch das Wort? ‚Denen, die Gott lieben …' – Die Menschheit aber hat geschlafen im Traum der lockenden Ferne, hat gelernt, nicht Gott zu lieben, sondern nur zu leben.

Ja, wenn schon dieses Wort der Gottesliebe nicht erfüllt wird, wie können dann die Dinge zum Besten dienen? Mit unseren Augen sehen wir nicht immer das Beste – aber einmal erfahren wir es; und ich habe schon einen Teil erfahren. Ich habe es kennengelernt, als dein Vater damals draußen war; ich habe es trotz Trauer und Tränen mit dem Tod deines Vaters erfahren. Auch du wirst einmal vor der Frage stehen, darum schließe meine Worte ein, Junge. Komm. – Gute Nacht!"

IV.

Weit zurück in der Vergangenheit lag nun dieser Abschied. Wochen, Monate, über ein Jahr der Härte für Roland und der Einsamkeit für seine Mutter waren vergangen. Der Sommer kehrte wieder ein ins Land. Mit ihm aber kam neues Leid, neues Elend. Wieder hoben sich die Rohre und spuckten Tod und Verderben; wieder rannten Menschen gegen Menschen, um sich zu gegenseitig vernichten. Es brannte wieder der Kampf.

„Es war der vierte Tag – auf unserem Weg gen Moskau –, als wir am Abend die Memel erreichten. Ein Bad nach diesen Tagen war der Himmel für uns." Roland begann seinen ausführlichen Bericht:

„Tag für Tag lastete die Sonne glühend über diesem Land des Ostens, aber man kannte keine Gnade. Es ging weiter durch den tiefen, feinen Sand. So etwas an Straßen hatten wir noch nicht gesehen. Es ist überhaupt gewagt, diese aufgewühlte Strecke von Staub und ausgetrockneten Lehm als Straße zu bezeichnen. Hier standen die Zeugen des Krieges, des ‚Bewegers des Menschengeschicks': umgestürzte Wagen, verlassene Fahrzeuge, ausgebrannte Panzer, zerschossene Pferde. Vor mir stand so oft das Bild meiner Mutter mit ihren mahnenden Worten. Sie tönten wieder: ‚Krieg ist mehr als Schlachten – ihr kennt ihn nicht, den Krieg.'

Vor uns tauchten Kolosse auf, wie wir sie noch nie gesehen hatten: Riesenstahlpanzer, um die noch vor Kurzem der Nimbus der Unbezwingbarkeit schwebte. Jetzt standen sie am Graben, sinnlos gewordene Wracks.

Krieg: Zerschlagene Waffen und kaputtes Gerät lagen herum. Uns begleitete eine glühende Hitze. Die Wagen holperten über diese Straßen. Der feine, gelbe Staub wurde aufgewirbelt und schwebte als dichte, dunstige, belästigende Wolke über uns. Sie fand kein Ende, rechts von uns, hinter uns, links von uns, überall hing sie in der Luft. Auf diesen endlosen Straßen kämpften sich Wagen und Kolonnen durch. Ein Kampf gegen Staub und Hitze. Durch eine Landschaft, die eine gewisse Ähnlichkeit mit dem westfälischen Sauerland hat, ging es zur Düna. Es schien, als nähme dieses weite Land überhaupt kein Ende, als höre diese Fahrt durch Hitze und Staub niemals auf. Noch ein anderes Zeichen begleitete uns ständig: Trümmer und nochmals Trümmer. Aus manchen Schutthaufen qualmte es noch.

Meine Augen brannten und immer neue Bilder zeigten sich in den nächsten Tagen. Das also war Krieg!

Wir zogen durch Ortschaften der Verwüstung. Und wie sahen die wenigen übrig gebliebenen Häuser aus? Als seien sie in einem Tag zusammengezimmert worden. Das Innere zu beschreiben, ist kaum möglich. Es gibt nur einen passenden Ausdruck: menschliche Ställe. Am Spätnachmittag stellte sich der Gegner zum Kampf. Es war mein erstes Gefecht. Wir waren ungeduldig, eine tiefe, warnende Stimme regte sich in uns. Aber wir mussten den Weg allen Schicksals gehen, mochte er hart und schwer, mochte er leicht sein.

In diesem Kampf sind viele Kameraden gefallen, mehrere sind verwundet worden. Der Tod hatte unsere Reihen gelichtet, doch der Gegner wollte nicht weichen. In einer kleinen Ortschaft wurde erbittert gekämpft; Haus um Haus wurde verteidigt, und blutig endete der Kampf auf beiden Seiten. Das also war die Wahrheit!

Unsere Herzen, die in der Heimat so mit Worten gefüllt worden waren – die nur wussten, dass Treue und Kameradschaft gelten, dass jeder Feind zu hassen ist, weil er ein niederes Subjekt sei –, hatten einen Schrecken bekommen. Hier lagen nun Freund und Feind, das gleiche Gesicht mit Nase, Mund und Augen – aber tot. Warum?

Ich konnte noch keine Antwort finden, zu müde war ich, maßlos müde. Wir träumten von einem langen, recht langen Schlaf. Aber sogleich ging es, halb angezogen, wieder hinaus.

Nie werde ich es vergessen! An meinem Arm wurde ich zurückgerissen. ‚Roland, du – du kennst doch meine Frau, schreibe an sie. Ich habe so ein dummes Gefühl!' Wir rannten hinaus, die letzten Worte verschluckte das Wüten der Schlacht. Eine höhnende Fratze stand vor meinem Gesicht und lachte mich aus: Krieg – Krieg!

Einzelne Häuser standen schon in Flammen. ‚Sie greifen an!' Es sang und heulte. Wir küssten die Erde, als wäre sie unsere Braut, schmiegten uns ganz dicht an. Einschlag neben Einschlag – der Boden bebte, die Hölle war los. Erst gegen Morgen wurde es still.

Ich wollte mich schlafen legen. Das Licht der Kerze schien matt im Unterstand. Das Bett von Kurt – er war der, der mich zuvor festgehalten hatte – war leer! Ich ging hinaus; es begann zu dämmern. Von Hügel zu Hügel schlich ich, drehte die Toten, die auf dem Gesicht lagen um. Aber er war nicht dabei. Weiter, weiter jagte mich meine Unruhe. Dort, unter einem Baum lag noch eine Gestalt im Soldatengrau. Tief neigten sich die Äste zur Erde.

Es war Kurt!

Ich kniete nieder und schaute in das blasse, leblose Gesicht. Tot! Aus der Nähe holte ich mir einen Spaten und schaufelte eine Gruft, ein schlichtes, einfaches Grab. In die fremde Erde habe ich seinen Körper gebettet. Es war der letzte Dienst, den ich ihm erweisen konnte.

Aus seinem Rock nahm ich die Brieftasche an mich. Dabei fiel ein Bild heraus, das Bild seiner Frau mit dem kleinen Jungen. Sie wird in bangen Nächten sitzen und warten, warten auf einen Menschen, den schon der Tod gerufen. Es sah ganz so aus, als wollte der Junge mit seinen Händen nach mir greifen und mich in die Arme nehmen.

Aber ich bin nicht dein Vater – er kommt nie wieder; er ruht in der kühlen Erde. Ich schaufelte das Grab zu und versuchte im Unterstand beim Schein der Kerze ein Kreuz zu zimmern. Am anderen Morgen, als wir weiter zogen, grüßte ich zum letzten Mal das schlichte Soldatengrab.

In einer Ruhepause, die uns bald gegönnt wurde, schrieb ich mit weinendem Herzen an Kurts Frau. Noch nie ist mir ein Brief so schwer gefallen; noch nie hat es mir so an Worten gefehlt, wie bei diesem Schreiben.

Als ich so in Gedanken saß und im Notizbüchlein blätterte, musste ich feststellen, dass ich bald den Geburtstag meiner Mutter vergessen hätte. An sie zu schreiben fiel mir leicht, und so flossen die Zeilen aus meiner Feder:

> Meine gute Mutter!
> In einem kleinen Bunker entstehen diese Zeilen, die Dich zu Deinem Ehrentag erfreuen sollen. Ich wünsche Dir alles, was aus meinem Herzen Dir entgegenströmt: Liebe, Glück und Gesundheit! Weit stehen wir im fremden Land und etliche Hundert Kilometer müssen diese Zeilen überwinden, ehe sie in deine Hände gelangen. Oft sind meine Gedanken bei Dir, und ich erblicke das Bild deiner Gestalt, die am Tische über ein Buch gebeugt ist. Oft höre ich deine Stimme, die mich warnt. Damals, als ich von Dir zog, musste ich alle Deine Worte so hinnehmen, ohne sie von mir aus als richtig zu empfinden. Heute aber hat sich vieles geändert. Ich weiß in kleinen Teilen, was Krieg bedeutet; ich kenne die Stimme des Todes, die durch die Luft heult und uns in Schrecken versetzt. Ach, Mutter! Es ist alles so anders geworden.
> Nur am Abend, wenn der klare Himmel mit den goldenen Sternen über uns steht, fühle ich mich wie in der Heimat. Es ist der gleiche Himmel; es sind die gleichen Sterne: der Orion, der große Wagen und der Polarstern.
> Bald wird das Weihnachtsfest kommen, und Du bist allein in diesen Stunden. Wie gerne würde ich mich an Dich schmiegen und Dir für alle Deine Güte danken und mich meiner Sünden schämen. Wie gern würde

ich einen kleinen Imbiss nehmen und ein wenig Kuchen naschen!
Liebe Mutter, mögen alle Wünsche bald in Erfüllung gehen.
Wie geht es Friedel, habe lange keine Post mehr erhalten?
Mit Gruß und Kuss
Dein Sohn Roland

Endlich auch sollte mein Warten auf einen Brief von Friedel belohnt werden. Sie ist nun allein und sucht einen Halt in dieser Notzeit. Auch sie spüren den Krieg; oft heulen die Sirenen Alarm und melden die feindlichen Flieger.

Lieber Roland!
Herzliche Grüße aus Pommern sendet Dir Friedel. Da staunst Du sicher, was? Ich bin in Ferien. Gestern Morgen ging die Fahrt los. Von Lauenburg nach Stolp, dann über Neustettin und Schneidemühl nach Deutsch-Krone. Schneidemühl, die Stadt, auf die ich so eifersüchtig bin, weil Du so viele Stunden dort verlebt hast – oder stimmt es nicht?
Im Allgemeinen gefällt es mir ausgezeichnet hier. Ich möchte für immer hier wohnen. Ein schönes Landhaus, in der Nähe von einem der vielen Seen, wäre nicht zu verachten.
Doch das sind Träume, die mich immer noch – kann alles auch noch so drunter und drüber gehen – beherrschen. Klar und bedeutungsvoll schweben sie vor mir.
Ich sitze hier auf einem göttlichen Fleckchen Erde. Ganz unbeschreiblich schön – nur eines ist unvollkommen, das bin ich. Schon allein darum, weil die andere Hälfte, nämlich Du, fehlt. Ich glaube hier, jetzt im Augenblick, wäre ich zu allem fähig. Das Rauschen der Bäume – am See ganz in der Nähe – bringt mein Blut zum Rauschen wie sie selbst. Alles tobt und glüht in

mir; ich verbrenne fast. Ja wahrhaftig – fast ist es so! Wenn ich nur wüsste, was das ist. Ich könnte laut schluchzen vor Einsamkeit und Verlangen nach unerreichbaren Dingen. Doch bei dem Gedanken an Dich und das Glück, das uns noch erfüllen wird, werde ich so leicht und frei. Aber heute ist es schwer für mich – und auch für Dich! Ach, in solch' herrlicher Welt sollte das Blut auch nicht wallen. Aber das muss wohl so sein, das ist menschlich. - - - -
Eine Stunde ist vergangen. Ich hielt es einfach nicht mehr aus, bin an den See gelaufen und habe mich in das Wasser gestürzt – ordentlich ausgetobt und abgekühlt! Jetzt sind meine Gedanken nicht mehr so schwül und schwer.
Gestern erhielt ich einen Brief von Dir. Ich danke Dir für die Zeilen.
Ich hoffe, dass Du hieran wieder ein klein wenig Freude findest. Mit diesem Wunsch und einem schönen Traum für die Zukunft im Herzen möchte ich schließen.
Für immer Deine Friedel

Ich fand in diesen Tagen wenig Zeit und Ruhe. Wir erlebten die schwersten Stunden. Es bellte die Artillerie; wir hockten im Unterstand, sprungbereit. Es schwirrten und heulten die Geschosse. Es war ein wahrer Regen. Jedes Mal, wenn es bedenklich nahe kam, bückten wir uns, schmissen uns in den Dreck und pressten uns ganz fest nieder.

Krieg: Der Krieg erscheint als höhnendes Gesicht vor mir. Jetzt habt ihr, was ihr wolltet: Krieg. Krieg. Wumm! ... Erde, Splitter und Steine flogen umher, rieselten auf uns nieder, aber wir lebten, lebten noch. Eine Granate war mitten in einen Stollen gesaust, vor uns lag ein Bild der Vernichtung.

Es ist wieder Winter geworden.

Wir spürten die ganze Erbarmungslosigkeit. Wer kann sich vorstellen, was es heißt, bei über 40 Grad Kälte Tage und Nächte in verschneiten Wäldern oder auf freiem Feld oder in einer primitiven Bretterbude zu verbringen. Wenn der Kaffee in der Feldflasche zu einem Eisklumpen wird und das gefrorene Brot nicht mehr zu essen ist. Wenn alle Vermummungen nichts mehr helfen. Wenn sich die Kälte durch alles hindurchbeißt und man plötzlich das Gefühl hat, sich selbst nicht mehr zu spüren. Alles bleibt dann der Gnade des Schicksals überlassen.

Wer wollte den Krieg?

Nach Wochen, die nicht vergehen wollten, stand Weihnachten vor der Tür. Unsere Stube im Bunker glänzte im Festschmuck, und wir nannten sogar einen künstlerisch hergerichteten Tannenbaum unseren Zierrat. Zu Hause wohl mochten wir uns daran erfreuen – fern der Heimat wollten wir nur eines: Frieden! Ja, Friede sollte für uns sein. So wie es in der Bibel steht: ‚… Frieden auf Erden und den Menschen ein Wohlgefallen.'

Aber nein: Wie aus heiterem Himmel kam der Alarm – Alarm! Die Heilige Nacht verbrachten wir in Notstellungen. Vor unserem Geist standen die alten Bilder: Heimkehr, das Elternhaus, die Mutter. All dies lief vor unseren Augen ab und uns ergriff eine wehmütige Stimmung.

Tage später fand ich wieder einmal Zeit zu schreiben.

> Liebste Mutter!
> Nun offenbart sich ‚Mütterchen Russland': Alles, was es uns an Härte zu bieten hat, zeigt es uns! Wir lesen -43° und die Aussicht auf Besserung besteht nicht. Nein, die Wettervoraussage spricht von weiterem Temperaturabfall. An anderen Tagen ist anhaltendes Flockentreiben. Der tiefe Schnee unterdrückt viele Laute, und alles liegt unter einer weißen, weichen, aber dichten Daunendecke. Meterhoch türmen sich die Schneemassen. Der Gegner ist ruhig, kein Granat-

werfer spuckt. Will man uns besuchen, so gehe man in Hockstellung, sonst drückt man uns das schützende Dach ein. Manch schönes Horn ziert den, der es vergessen sollte. Verlässt man uns, so kann man schon von hieraus weit in das feindliche Gelände sehen. Die Schneemassen sind grenzenlos, völlig grenzenlos. Weit blickt man, weit in Richtung Horizont. Wo laufen hier Erde und Firmament zusammen? Verwahrlost liegen dort einige Häuser. Man kann nicht ungezwungen und aufrecht bis zur nächsten Straße gehen. ‚Es ist Krieg!', sagen dann einige Geschosse. Mutter, mein Herz ist so voll; es muss bald überlaufen. Hätte ich nur Dein Ohr, das mich hören könnte! Mutter, warte – ich werde auch einmal heimkommen.

Gruß und Kuss Roland

In dieser Zeit erschreckte mich ein trauriger Brief meiner Friedel. Die Flieger waren bei ihnen gewesen, aber meine Mutter und sie lebten noch. Viele Orte, die mir in Bildern der Vergangenheit vorschwebten, lagen nun in Schutt und Asche. Die Menschen fragten nicht danach und sagten: ‚Es ist Krieg!' Ist es wirklich damit getan?

> Mein lieber Roland!
> Endlich komme ich dazu, Dir einen Gruß zu senden. Du wirst schon lange gewartet haben, aber erstaune nicht: Ich wollte überhaupt nicht mehr schreiben. Den Grund wirst Du wohl schwer erraten. Sieh mal, es kam mir alles so überflüssig und unnütz vor, nachdem ich hier die Stadt gesehen habe. Weshalb soll ich mich binden?
> Ich lege mich jeden Abend mit dem Gedanken ins Bett, vielleicht bist Du morgen früh nicht mehr. Und es ist gut, wenn man versucht, sich mit der Tatsache abzufinden. Da man heute mit so etwas rechnen muss, ist es besser, wenn man weiß, dass man keinen Men-

schen hinterlässt, der irgendwelche Hoffnungen in und auf Dich gesetzt hat, die man nun nicht mehr erfüllen kann. Dass mein letzter Gruß und Gedanke Dir gehört, weißt Du; aber der Abschied würde schwer. Lass den Krieg, und das furchtbare – verzeih das harte Wort, doch etwas anderes ist das nicht – Morden vorbei sein. Du wirst vielleicht sagen: Solch einen Unsinn zu schreiben, ist nicht nett. Aber ich konnte nicht umhin beim Anblick dieses Elends und dem Jammer der einzelnen Schicksale. Du musst wissen, dass Du jeden Tag mit der Nachricht überrascht werden kannst, dass ich unter den Trümmern unseres Hauses begraben oder verbrannt bin. - - - -

Was ich heute Morgen geschrieben habe, ist nicht sehr erfreulich und aufmunternd für einen Menschen, der Tag für Tag dem Tod in die Augen schaut. Um Dir diesen sauren Brief etwas zu versüßen, lege ich ein Päckchen bei. Als kleines Andenken an mich füge ich ein Tierchen hinzu. Ich habe den Windhund sehr gern und hoffe, dass auch Du ihn in Ehren halten wirst.

Ich habe ihm gesagt, er müsse mich verlassen und jemanden, den ich sehr lieb habe, viel Glück bringen.

Ich weiß, Du wirst diesen Brief richtig auffassen.

Euer und unser Haus sind diesmal noch unversehrt geblieben – wie durch ein Wunder Gottes! Denn die andere Hälfte unserer Straße ist ein einziger Trümmerhaufen. Lass uns Gott bitten, dass wir auch weiterhin verschont bleiben. Mehr als das können wir nicht.

Gute Nacht, Deine Friedel

Die Nacht war wohl gekommen, aber der Schlaf war geflohen. Ich lag lang ausgestreckt auf den Brettern und meine Augen suchten ein Bild. Sie wanderten an der Decke umher, sahen die großen Netze und Fäden der Spinnweben, sahen die verkohlten Stellen über dem Ofen. Sie sahen ein Tier – ich glaube es war eine Maus – schnell über den Balken eilen. Aber eigentlich sahen sie durch das alles hindurch, bis in die Heimat: Daran hatte ich nicht gedacht, dass auch dort der Tod mit seiner Sense Massen niedermähen konnte, niedermähen wie das reife Getreide. War die Zeit reif?

Ich dachte, die Aufgabe der Heimat sei das Warten. Aber nun wusste ich; es war mehr: warten und kämpfen! Das hat nun der Krieg gebracht, das sind Begleittöne neben diesem Wort, und diese Töne stimmen eine schreckliche Musik an: den Totentanz.

Draußen kleckerten ab und zu die Gewehre. Ein Wintermorgen – klar und frostig brach er an. Diese Schönheit der Natur, das ewig Bleibende! Aus dem Bett stieg weit, weit am Horizont der feuerrote Ball der Sonne auf. Der ganze Himmel hatte sich hier rötlich gefärbt, als wäre es der Abglanz brennender Dörfer. Der Schnee leuchtete und funkelte mit seinen kleinen Kristallen. Ein warmer Schluck Kaffee erwärmte uns und ließ das Blut wieder rascher durch den Körper kreisen.

Aber es war nicht nur die Wärme des Trankes, die das Blut beschleunigte, noch etwas anderes hatte sich an diesem Morgen in mir festgebissen und machte mich warm. Schneller klopfte das Herz gegen die Brust; es war fast angstvoll. Ein Gefühl sickerte mit dem Blut durch die Adern und erfüllte mich ganz, ein Gefühl der Vorbestimmung.

Wird der Mensch gewarnt, wenn das Beil des Todes über ihm steht?

Dann gingen wir durch die Gräben. Drüben am Waldrand lag der Feind. ‚Feind' – ein hartes Wort! Waren es nicht auch Menschen? Mussten sie nicht auch kämpfen, um ihr eigenes Leben schlechthin? Oder waren es nur Menschen, die unser friedliebendes Volk – wie man in den Büchern schrieb und im Rundfunk sagte – vernichten wollten?

Krater an Krater lag im Vorfeld. Ich lag neben dem Gewehr und wartete. Neben mir kauerte Heinz, ein Neuer. Ersatz für die vielen, die schon in der kühlen, fremden Erde ruhten: ungeehrt und kaum beweint. Hatten wir Menschen das verdient?

Wie ein Vieh fühlte man sich. Man wurde gefüttert, und für das Futter gaben wir unsere Kraft und gaben vielleicht unser Leben. Was galt noch der Mensch: Nichts. Er wurde gezählt und hatte eine Nummer.

Verfluchter Krieg!

Auch mich konnte einmal eine Kugel treffen, und ich würde erschossen auf dem Feld liegen, unbeachtet. Über mich hinweg schritten dann im monotonen Gleichklang die harten Stiefel.

Jetzt kamen sie aus dem Wald. Unser Atem ging kürzer und schneller. Die Minuten wurden zur Qual. Etwas – wir wussten nicht, was es war – stieg in uns auf und klammerte sich mit Würgehänden um die Kehlen.

Der Schlachtlärm brach los und dauerte Stunden. Dann herrschte wieder Ruhe, scheinbarer Frieden. Aber es war nur die Ruhe vor dem nächsten Sturm, denn plötzlich brach es von Neuem los. Ganz dicht pressten wir uns an die Erde, dann ging es hoch: zwei Sätze bis zum nächsten Loch, zur nächsten Deckung ... wumm!

Ein Schrei rang sich neben mir aus einer Menschenbrust. Ich fühlte den brennenden Schmerz. Heinz lag verwundet am Boden und stöhnte. Mein Mantel war zerfetzt und unter der Jacke wurde es warm. Ich fasste hin – rot waren meine Finger: Blut! Ein Lappen musste helfen. Die Luft war von tosendem Geheul erfüllt, und der Boden bebte. Heinz hatte einen Splitter in der Magengegend. Stöhnend kamen die Worte aus seinem Mund: ‚Roland rette dich – mich holt der Tod!'

Mit den letzten Kräften haben wir es geschafft.

Sobald der schreckliche Tod ein Opfer und einen Kampf verloren hat, beginnt das Leben doppelt so stark und fruchtbar zu werden. Auch Heinz und ich genasen nach schweren Wochen, nach Wochen, in denen wir schon am Rand der Gruft standen, in denen wir schwach und matt in den weißen Kissen lagen und nach Atem rangen. Wir aber wollten leben – und wir lebten!"

V.

Der Frühling war gekommen, die Luft wurde milder, der Boden trocknete unter dem wehenden Auf und Ab des Windes. Alles öffnete sich, um die Sonnenstrahlen willkommen zu heißen, sie zu begrüßen. Es öffneten sich Fenster und Türen, Scheunen und Ställe. Alles erwachte!

Es ist Frühling geworden.

Roland setzte seinen Bericht fort: „Mit dem Frühling, dem Erwachen der Natur, erwachte auch das menschliche Leben, trat hervor aus der ‚Mutter Natur' und wuchs heran. Die Welt hatte sich geändert, nur der Frühling war das gleiche Paradies geblieben. Aber ich glaubte, es sei nicht gut, dass der Mensch darinnen ist!

In einigen Wochen konnte ich zu Hause sein. Heimat – Mutter – Friedel! Eine große Freude stieg in mir auf bei dem Gedanken der wartenden Heimat. Freude, die dem Menschen auch in bitterer Not beschieden ist, ja, auch in dunkelster Nacht.

Wir Menschen greifen dann nach solchen Lichtblicken und möchten sie ganz für uns besitzen, die Freude. Doch nicht zu früh soll man sich sicher fühlen, sie zu haben. Es irrt der Mensch zu oft! Hat er sie aber gefunden, so soll er sie behüten. Er hat einen kostbaren Schatz, einen Schatz, nicht mit Geld zu bezahlen, aber doch einen Schatz, der zu stehlen ist. Die Freude kann man nicht verjubeln und verfeiern wie Geld – Freude ruht tiefer. Nicht die Freude, wenn man im Wirtshaus aus guter Laune johlt und schreit – nein! Habt Ihr schon einmal einen Mann angeschaut, dem eben die Krankenschwester gesagt hat: ‚Sie sind Vater geworden und Ihrer Frau geht es gut.' Habt ihr Ihn beobachtet?

Er wird nicht brüllen. Er wird vor Freude wohl Tränen in die Augen bekommen – ja: Tränen! Tränen der Freude.

Diese Freude stand mir in den Augen, als ich aus dem Fenster des Zuges hinausschaute in die Ferne. Bald musste ich dort sein. Der Schienenstrang verlor sich weit am Horizont, und die Räder der Wagen sangen ihr gleichmäßiges Lied: tack-tack, tack-tack ... In den Abteilen zog der Tabakrauch seine Ringe. Die Leute schwatzten in ihrer Mundart. Ab und zu wurde das Lied der rüttelnden Wagen unterbrochen, die Bremsen kreischten, und mit einem Ruck stand der Zug, so plötzlich, dass er alle durcheinander warf. Die Türen flogen auf und knallten wieder zu. Unter Stöhnen und Ächzen setzte sich der Zug wieder in Bewegung.

Meinen Arm trug ich noch im Verband. Er würde vielleicht lahm bleiben! Sollte ich damit etwa nie wieder schreiben, nie wieder essen, nie wieder arbeiten können? Eine schlimme Vorstellung! Und warum sagten die Menschen dazu nur: ‚Das ist eben der Krieg'?

Draußen zogen Felder und Wiesen, Wälder, Seen und ein Fluss in einem lieblichen Tal an den Augen vorüber. An einer Brücke neigte sich ein Baum weit über das Wasser. Plötzlich öffnete sich das Tal und die Stadt lag vor meinen Augen – die Stadt meiner Geburt, die Stadt meiner Liebe! Aber ach, welch trauriges Bild flog mir entgegen. Es schien, als hätte ein Kind, das mit dem Steinbaukasten gespielt hat, sein Werk wieder zusammengeworfen, aus schlechter Laune oder Übermut! Hier und da starrten stehengebliebene Mauerreste in die Luft, verkohlte Balken ragten umher, Schutt und Trümmer überall. War das meine Heimat, diese Stadt? Ich eilte durch die Straßen; die Gesichter der Menschen waren gleichgültig. Sie waren diesen Anblick schon gewohnt. Vor den Häusern in der Altstadt, die eng aneinandergereiht standen, spielten die Kinder. Die alten Leute saßen auf den Steinstufen und Bänken. Eine Mutter wiegte ihr Kind auf dem Schoß. In den schiefen Fenstern, wo der Kitt schon aus den Rändern gesprungen war, ruhten uralte Gesichter. Ich hastete über den Markt – jetzt, dort um die Ecke, dort musste das Wohnhaus von Friedels Eltern sein. Mein Fuß stockte; es ging nicht weiter – vor mir lagen nur Schutt und Asche. Die beiden Kamine ragten wie stumme Zeugen in die Höhe. Aus der einen Wand ragten die Öffnungen der Fenster wie die Augenhöhlen des Todes hervor. Schritt für Schritt näherte ich mich der Stätte, der Stätte meines Lebens, die nun tot war – rücksichtslos aus dem Dasein gestrichen! In dem früher fein gehegten Garten, der von Geröll über und über bedeckt war, blühten verlassen die Rosen. Nur eine lag abgeknickt am Boden und trauerte. Ich bückte mich nieder, um sie aufzuheben. Noch strömte der Duft aus der sterbenden Blüte. Und als ich meinen Kopf hob, erkannten meine Augen Schriftzeichen, die mit Kreide an die Wand gemalt waren:

>Hier liegen begraben:
>Herr Stumpf
>Frau Isolde Stumpf
>Friedel Stumpf!

Tot? Tot?

Ich starrte, starrte stumm. Aber es stand nichts anders an der Wand. Auf einem Mauerrest setzte ich mich nieder und schaute verloren in die Asche. Es konnten Stunden vergangen sein, da schreckte mich eine Stimme aus meinem Sinnen, die Stimme meiner Mutter. Die Blütenblätter der abgestorbenen Rose waren auf die Erde gefallen.

‚Komm, mein Junge.'

Erst gegen Abend wollte sich die Enge meines Herzens lösen. Tagsüber legte sich eine dumpfe Schwüle auf mich. Vor mir stand erneut das knochige Gerippe des Todes, auf Schritt und Tritt folgte mir die Vision. Ich kannte ihn schon seit meinen Kindertagen, diesen Menschenmäher. Zum ersten Mal war ich ihm begegnet, als mein Vater von uns schied. Dann glaubte ich, er habe mich vergessen, aber unscheinbar wie ein Hund an der Kette war er mir gefolgt. Draußen im Schützengraben, als die Geschosse um uns zerbarsten, stand er wieder vor mir – der Tod! Er kam und mähte in unseren Reihen. Nun war er mir bis hierhin gefolgt. Nein: Er war sogar vorausgeeilt.

Wenn die Dunkelheit in diesen Tagen hereinbrach, fühlte ich mich freier. Ich öffnete dann die Fenster und füllte meine Lungen mit der frischen, wohltuenden Luft, die mich wie heilsamer Balsam erfüllte. Die Nacht hatte ihren dunklen Samt über die Erde gebreitet. Dort hob sich das Land im Schatten ab – es stieg hinauf. An den Hang pressten sich einige Häuslein; sie schmiegten sich ganz dicht an, gerade so, als ob sie Schutz suchten. Weiter bergauf lagen die Gärten. Auf der Höhe zeigten sich dumpf die Umrisse der alten Linde. Unten im Tal spiegelten sich im Licht des aufsteigenden Mondes die Wasser des Flusses. Mit vielen, vielen goldenen Punkten war der Himmel nun bedeckt.

Ich griff zur Mütze und stieg die knarrenden Stufen hinab. Meine Schritte suchten ihren Weg. Beim hellen Schein des Mondes war das Bild des Schreckens sogar noch jammervoller als am Tage. Als letzter Zeuge der alten gotischen Kirche erhob sich ein Bogen, auf dem noch die eingehauenen Worte zu lesen waren: ‚Allein Gott in der Höh sei Ehr'! Sollte dies Spott oder sollte es ein warnender Fingerzeig sein?

Durch Ecken und Winkel kam ich auf den alten Friedhof. Ein Duft von frischen Kränzen schlug mir entgegen. Wie viele neue Gräber hatte man hier ausgeworfen? Reihe an Reihe, Grab an Grab!

Es war schon spät geworden. Durch die Bäume fiel ein Lichtschein aus einem Fenster mir ins Auge; alles war still und schlief, nur hier wachte noch ein Mensch. Wartete er?

Langsam näherte ich mich, da fiel mir ein, dass hier der Herr Pfarrer wohnte. Früher musste ich oft für meine Mutter hier etwas besorgen. Durch das Fenster, das ziemlich tief lag, schaute ich in den Raum. An einem Schreibtisch, den grauen Kopf in beide Hände gestützt, saß er über einem dicken Buch. Im Schatten des Hauses ging ich zur Tür und klopfte. Aus den Ästen eines Baumes flog schreiend ein Käuzchen davon. Ist das nicht der Todesvogel?

Ich klopfte noch einmal. Es öffnete sich die Tür, und mit einer Kerze kam mir der Graukopf entgegen. Er schloss mir auf und lud mich mit einer Handbewegung ein, näher zu treten.

‚Es ist oft so, dass mich in der Nacht die Menschen besuchen. Die Dunkelheit hat ein offenes Gewand.' Schwer ließ ich mich auf einem Stuhl nieder. ‚Was führt Sie denn in dieser Nacht zu mir?' Es war eine tiefe, erschreckende Stimme, die aber doch auch beruhigend klang.

‚Einen rechten Grund habe ich wohl nicht; mich zog nur das Licht, das aus ihrem Fenster drang. Es zog so unwiderstehlich. Es schien mir ein Halt, ein Wink in dieser Finsternis, in der ich in tiefer Verzweiflung und der Betrübnis stecke. Immer wieder, Tag für Tag türmt sich die Frage vor mir auf: Warum müssen wir das erdulden? Warum müssen Tausende unschuldig ihr Leben geben? Warum müssen Häuser in einer Nacht zu Ruinen werden? Warum reißt der Tod die Lieben, die auf uns warten, hinweg? Warum?' Und dann fügte ich nach einer Pause hinzu: ‚Soll der Mensch noch an Gott glauben, an einen Gott, der uns Menschen liebt, der uns mit seinen Worten Trost und Gnade verspricht? Ist es nicht vielleicht Spott, dass auf dem stehengebliebenen Bogen der zertrümmerten Elisabethkirche geschrieben steht: Allein Gott in der Höh sei Ehr?'

Wortlose Stille! Nur das Pendel der Wanduhr schwang hin und her. Dann schwollen die Worte wie Glockenschläge aus dem Mund des Pfarrers.

‚Wie oft rennen die Menschen zu mir hin und fallen auf die Knie und bitten und stammeln: Hilf, hilf – ich kann nicht weiter! Es sind Menschen, die sonst mein Haus scheuten, die scheuten, dem Ruf der Glocke am Sonntag zu folgen. Sie hatten aber doch noch die Erinnerung, dass es einen Gott gibt und ich ein Diener des Herrn bin. In ihrer Not suchen sie nun diesen Weg; es soll der letzte sein, den sie gehen. Ich helfe und bitte um Hilfe, wenn ich nicht helfen kann. Eine arme Frau, die im kalten Winter keine Kohlen für den Ofen hat, keine Strümpfe und Schuhe an den Füßen – glauben Sie, dass diese Frau durch die Worte aus der Bibel erwärmt würde? Sie würde vielleicht diese Worte mit Bitterkeit aufnehmen und aus der Bitterkeit wüchse der Hass.

Was für ein Trost wäre es, wenn ich Ihnen auf die Frage nach dem Warum nur Folgendes antworten würde: Wir müssen deshalb so viel leiden, weil wir zu Gott zurückfinden müssen. Es wären nur Worte für Sie, aber kein Trost. Sie würden vielleicht nur – wie die arme Frau – mit Bitterkeit erfüllt werden. Die Prüfungen sind gewaltig und es scheint, als habe sich Gott von uns abgewandt. Diesen Augenblick nutzt der Teufel, Gottes Gegenstück, um die Wasser des Verderbens fließen zu lassen. Alles wirft er durcheinander: Er treibt Mensch gegen Mensch, Volk gegen Volk. Wir straucheln – wir haben keine Hand, die uns hält, unser Mut sinkt und alles um uns her ist grundloser Schmutz und Morast. Wie sollen wir da herauskommen?

So sieht es heute aus – Gott hat sich von unserem Volk abgewandt. Wir sind verlassen. Unsere Kraft wird einmal versiegen und man wird einmal über uns zu Gericht sitzen.

Was aber können wir tun? Das ist die Frage, das ist die Lösung des Urgeheimnisses. Die Welt wird einmal sagen, das musste ja so kommen. Leer und trostlos ist diese Antwort. Es muss doch etwas anderes sein!

Wir müssen suchen, und zu suchen heißt zu arbeiten. Arbeiten mit unseren beiden Händen – arbeiten wie der Bauer, der sein Feld bei Regen und Sonnenschein bestellt und dem Unkraut wehrt.

Gutes müssen wir tun. Gutes und Böses werden wir wohl noch unterscheiden können, wenn wir auch vieles verlernt haben. Mehr als das Wort Arbeit kann ich Ihnen nicht sagen; denn nur aus der Arbeit können wir den Schlüssel zu dem Geheimnis finden; nur mit der Arbeit können wir einen Weg zum Frieden erlangen. Zum Frieden in uns, zum Frieden mit Gott und der Welt.

Es geschieht Törichtes und Schmerzliches in unserem Volk, aber auch dies braucht wohl sein Maß, bis es überlaufen wird.

Es ist nicht genug, dass wir am Feierabend die Tore schließen. Wir müssen wach bleiben und lauschen.

Dieser Tage kam ganz in Schwarz eine Frau und bat mich, sie anzuhören. Sie war die Frau eines Bergmannes, der bei schwerer Arbeit sein Brot verdienen musste für sich und seine Frau und seine Kinder. Es kam der Krieg und rief mit erbarmungsloser Stimme einen Sohn hinweg. Die Sorge war nicht klein, die auf dem Mutterherz lastete. Aber sie musste arbeiten und die Sorge vergessen. Sie warf die Sorge auf Gott. Lange, lange blieb die Nachricht aus – da erschien der Frau im Traum eine Gestalt, die sagte: Schlage das Gesangbuch auf, dort, wo das Lesezeichen liegt. Sie las Folgendes: Zeuch hin, mein Kind! Denn Gott selbst fordert Dich aus dieser argen Welt. Ich leide zwar, Dein Tod betrübet mich: Doch weil es Gott gefällt, so unterlass ich alles Klagen und will mit stillem Geiste sagen: Zeuch hin, mein Kind.

Es war ihr einziger Sohn, ihr ganzer Stolz. Eine Träne kullerte über ihre Wange. Beim Abschied sagte sie: Es ist gut, dass wir einen Gott haben.

Es gibt wenig Gutes in dieser Zeit, wo die niederen, schweren Wolken auf die Sinne der Menschen schlagen, wo die toten Augen der Trümmer uns anstarren. Die einen wollen weinen – die anderen wollen etwas nachholen, weil sie glauben, morgen vielleicht nichts mehr zu erleben. Vielleicht hilft ihnen das einfache Wort Arbeit!'

Ich erhob mich und drückte diesem Menschen die Hand. Aus den glänzenden Augen strömten Ruhe und Sicherheit, Entschlossenheit und Güte.

Wir müssen mehr tun als in den Zeiten der Schlafsucht, weil die Verwirrungen mehr erfordern, weil der Schwindel der Freiheit die Menschen betört.

Die Türe knarrte in den Angeln, ein kühler Nachtwind wehte herein. ‚Herr Pfarrer, hier auf der Straße stand sie damals, die grölende Meute – damals in der Nacht, in der man die Juden suchte und sie vertrieb. Hier standen sie und hoben die

Fäuste und einer rief: Der kommt das nächste Mal dran.' ‚Ja! Es ist eine Zeit der größeren Leiden, weil die Verachtung immer mehr wächst', erwiderte der fromme Mann. ‚Gute Nacht, junger Freund, und denke an das Wort!'

‚Gute Nacht!'

Er schloss die Gartenpforte; ich stand allein.

Wenn ich in späteren Tagen von der Zwecklosigkeit, von Schmerzlichem und auch Schmählichem hörte, so stand über allem Aufruhr das ruhige Bild mit dem Graukopf des Pfarrers vor mir. Deutlich hörte ich die mahnende Stimme. Die Zeit schlug Wunden, die bluteten und zum Tode führten. Die Zeit heilte aber auch Wunden, sodass nur noch Narben zurückblieben. Das Leben eines jeden Menschen kommt aus zwei Quellen. Das Kind kennt diese Quellen nicht und versteht nichts davon. Aber wenn man altert, öffnen sich die Augen. Die Nahrung aus diesen Quellen war mir reichlich und tat mir gut. Es war meine Mutter, die mir half. Eines Tages reichte sie mir eine Karte, die mir anbot, eine Weile auf einem Gutshof zu verbringen. Genaueres wusste ich nicht, nur dass ich nach Groß Ehrenberg* in Pommern fahren dürfte."

VI.

Rolands langer Bericht nahm nun eine Wendung: „Von der Bahnstation aus hatte ich noch einige Minuten Weg, doch es war eine Lust durch den Sommertag zu wandern. Das Land stieg ein wenig zur Höhe hin an, vom Rücken des Hügels schaute ich hinab in das Wiesental. Dort lag umgeben von hohen Bäumen, von reifen Getreidefeldern der Gutshof Brückenau.

Von der Weide zog, mit der Peitsche knallend, der Hirte mit seinen Kühen. Ein Hund lief nebenher und sprang vor Übermut nach dem Seil der Peitsche. Am Rande eines Bächleins, das hurtig zu Tal floss, schritt ich hinab. Da lag nun vor mir der Hof, geschützt und verborgen – still und einladend hinter dem Park. An das Tor gelehnt stand ein älterer Mann. Er zog an einer langen Pfeife und stieß den blauen Dunst in die Luft. Ich schritt auf ihn zu und stellte mich vor. Da glänzten seine Augen; er schlug mir auf die Schulter und führte mich in das Haus. Alles stürzte auf mich – wie neues Leben – ein, und erst am Abend, als ich in meinem Zimmer stand, kam ich zur Ruhe. Ich blickte über das Land, sah den Himmel, der weit, weit in der Ferne glühte. Da rauschten Töne durch die Dämmerung; ich erschrak – ich kannte doch das Lied! Ich blickte Jahre zurück. Es war am Abschiedsabend, damals als Friedel und ich uns Lebewohl sagten. Wir wussten nicht, dass es das letzte Mal sein sollte. Ich lehnte an der Wand und schaute zum Fenster hinaus und Friedel spielte und sang:

Brüderlein fein ...

Es war das letzte Bild, das ich mit forttrug, das mich begleitete im Kampf und in der Ruhe. Vorsichtig schritt ich durch die Hallen, dem Zimmer zu, aus dem die Musik strömte. Leise drückte ich auf die Klinke und schob mich in den Raum. Im Schein zweier Kerzen saß ein Mädel am Klavier. Eben verhallte der letzte Akkord. Sie hob die Augen und schaute suchend umher, als habe sie meinen Zutritt zu dem Saale bemerkt. Unsere Blicke trafen sich und schnell ging ich auf sie zu, um mich zu bedanken: ‚Sie können es nicht wissen, was sie mir mit diesem Lied gaben. Später werde ich es ihnen erzählen!'

Ich legte mich schlafen. Durch das offene Fenster drangen die Stimmen der Mägde, die ihr Abendlied sangen – weich und sehnsuchtsvoll. Ich träumte!

Tag an Tag reihten sich aneinander. Die Tochter des Hauses – sie hieß Rosita – war mir eine treue Begleiterin: Sie führte mich durch die Felder und Wälder, hin zu einem See und fuhr mit mir im Kahn, um mir die geheimnisvolle Mühle hinter dem Wald zu zeigen.

Am Abend spielte sie auf dem Klavier, oder wir saßen mit der Familie vor dem offenen Kamin, und der Vater – der Gutsherr – erzählte seine Geschichten. Ehe er begann, zog er noch einmal kräftig an seiner Pfeife. Der Qualm zog in Ringen in den Raum.

‚Es war vor langer, langer Zeit. Ich erzähle hier nach dem Munde des Vaters und des Großvaters, die es wohl auch von ihren Vorfahren gehört hatten. Einer meiner Ahnherren lebte hier zurückgezogen und zufrieden, ungestört von den Umtrieben und der Uneinigkeit in der Welt. Hier herrschte tiefer Frieden und der Sommer war schön. Heiß waren die Tage und lau die Nächte. Der Ahnherr durchschritt die Fluren, sah mit großen Augen über die Äcker. Er streckte seine Hand aus und ließ die vollen Ähren des Getreides hindurchgleiten. Plötzlich beschattete sich die Sonne; es wurde dunkler. Eine weite Wolkenwand zog am Himmel auf, mit Gewitter drohend. Er hob witternd den Kopf. In der Ferne blitzte es auf, und der Horizont blinkte für Sekunden im roten Licht. Der Ahnherr mühte sich, schnell nach Hause zu kommen. In der umrankten Einfahrt stand er und schaute hinaus. Was war das dort oben auf dem Höhenrücken? Ein Reiter mit feurigem Ross. Reiter und Pferd verharrten. Es wurden mehr: zwei – drei – zehn! Ruhig ringelte sich die Rauchfahne aus dem Kamin. Der alte Herr eilte, um alles zu bereiten und den Besuch gebührend zu empfangen.

Man hatte in den letzten Tagen von Wanderern erfahren, dass Kämpfe, Aufstand und Umbruch im Lande toben würden, dass wilde Horden durch die Gegenden zögen, um sie zu verwüsten. Aber er wollte seine Heimat teuer verkaufen! In verwegenem Ritt sprengten die Gesellen heran. Der Ahnherr stand auf die Sense gestützt. Es sah aus, als ob er gerade zum Schnitt gehen wollte, zum Schnitt der reifen Saat. Er strich mit dem Stein über die blanke Klinge, dann prüfte er die Schärfe und stellt sich breit in das Tor.

Der erste Reiter war herangekommen und schrie: ‚Platz da, du elender Bursche!'

‚Willst du diese Schwelle betreten, so müsstest schon über unsere Leichen gehen!', rief der alte Herr. Um ihn herum standen die treuen Knechte mit Prügeln und Sicheln, Hämmern und Eisen. Der Reiter stutzte, zornig funkelten seine Augen. Er stieß dem Pferd die Sporen heftig in die weichen Flanken und riss es an den Zügeln in die Höhe. Aber keiner wollte vorstürmen, eine große Angst schien Menschen und Tiere zu hemmen. Der Anführer schlug mit der Peitsche auf sein Pferd ein. Es galoppierte nach vorn. Mein Ahnherr und die Knechte sprangen zur Seite. Weit holte er mit der Sense aus, und mit raschem, gezieltem Schwung zog er den Bogen. – Ein kopfloser Körper fiel wie geschnittenes Gras. Die Stiefel verfingen sich in den Bügeln und der grausige Gesell fand den Tod. Sein Blut zeichnete eine Spur. Wild und grausam wurde der Kampf: Es klirrten die Säbel und Sensen; es schlugen die Flegel. Dann ruhte der Lärm – es wurde still.

Aus einem Korb, der im Zimmer stand, kreischte noch ein junges Stimmchen. Ein verschrecktes Kind sah ängstlich zur Decke auf. Dort zuckte es – es wurde hell und wieder dunkel: Draußen war ein Feuer entfacht und die Flammen suchten ihre Nahrung. Immer glühender und größer wurden die Fackeln. Ein Mahnmal des Mordes, des Raubes, der Verwüstung. Der Saum des Waldes verschluckte die letzten Reiter.

Es lebte kaum noch ein Mensch auf dem verwüsteten Hof; nur das Kind schlief wieder selig ein! Da kroch aus dem Gehölz eine ältere Frau hervor; es war die Mutter. Zerrissen waren ihre Kleider. Sie hastete zum Haus hin, eilte über brennende Balken; es knisterte und loderte um den Korb des schlafenden Kindes.

Die Mutter nahm es auf ihren Arm und keuchte ins Freie. Die Zungen der Flammen lechzen an den Schuhen, an den Kleidern. Sie fingen sich in den Haaren und senkten sie an. Keiner hörte ihr Jammern, niemand sonst lebte noch hier! Die Mutter aber lief, lief mit dem Tod um die Wette. Am Brunnen tauchte sie den Kopf ins Wasser – wie köstlich war das rettende Nass! Sie sank zu Boden, ihre Kräfte schwanden und die Knie brachen ihr ein.

Im Abendschein wachte sie wieder auf. Sie wusste nicht, wie lange sie geschlafen hatte. Verstört lag ihr Blick auf den Trümmern. Harald, der Kleine spielte am Brunnen. Sie nahm ihn an die Brust, und er blickte sie fragend an: Wo ist Papa?

Sie zog ihr Tuch höher, denn am Weg lagen die erschlagenen Knechte, da ruhte sein Vater. Schwer waren die folgenden Jahre, aber der Fleiß meines Urgroßvaters hat dies alles erschaffen. Gerade als er das Werk vollendet hatte, musste er seine Mutter zu Grabe tragen!' So erzählte der Gutsherr. Er zog noch einmal an der Pfeife, aber sie war ausgegangen. Spät fanden wir den Schlaf.

Dann ereignete sich eines Tages etwas Aufregendes! Der Wald warf einen Schleier um uns zwei Menschen, um Rosita und mich.

Wir schritten zum Waldsee. Die Schilfhalme lagen vom Wind gedrückt und durch die Äste und Blätter glitzerte die Sonne. Im Wasser grüßten sich Enten und Gänse mit ihrem eifrigen Geschnatter. Wir waren auf eine Lichtung gekommen – auf eine Koppel, die sich nach Süden hinzog. Dort drang ein

Wiehern durch die Luft und eine Gruppe Pferde jagte mit schäumenden Nüstern heran – direkt an uns vorbei. Rosita wollte die Weide überqueren. Ich warnte! Doch sie war schon davongelaufen. Und wirklich, da kamen die Pferde zurück. Ich sprang über die Hürde und rief. Es war zu spät! Die Tiere schnaubten vorbei und das Mädel lag am Boden! Ich kniete nieder ‚Rosita, Rosita!' – ungehört blieb mein Flehen. Sie war gestreift worden und zu Boden gestürzt. Aus einer Wunde tropfte ihr Blut. Da hob ich sie mit meinem gesunden Arm auf – nur kurz öffneten sich ihre Augen, aber ihr Glanz strahlte tief in mich hinein.

Auf dem Hof verbreitete sich große Aufregung, denn Rosita musste ins Krankenhaus gebracht werden. Mich quälten die Sorgen, bis ich sie eines Tages besuchen durfte.

Mit einer Kalesche fuhr ich in die Stadt, und an einem Blumenstand wählte ich rote Rosen! Ich schritt durch die Gänge, entlang der hohen Fenster, bis mir die Schwestern eine Türe zeigten. Dort klopfte ich und bekam ein zartes ‚Herein' zur Antwort. Zweifelnd stand ich in der Tür; es winkte die zierliche Hand. In diesem Raum schlugen zwei Herzen, zwei Seelen trafen sich, während durch das offene Fenster ein Windstoß mit den Gardinen spielte.

Meine Rosen fielen sanft auf die weiße Decke. ‚Ich danke Ihnen!', mit diesen Worten reichte sie mir ihre Hand. Die Minuten, die ich bleiben durfte, schwanden schnell dahin. Wenig haben wir gesprochen, aber ich glaube, die Sprache der Gedanken war umso reicher.

Es näherte sich die Zeit des Abschieds. Ich musste wieder zurück zur Truppe. Eigentlich konnte ich mir nicht recht denken, was man mit mir wollte, mit mir armen Krüppel!

Rosita war genesen und durfte die ersten Ausflüge in den Park unternehmen. Sie hatte um meine Begleitung gebeten, die ich ihr nicht verweigern wollte. Sie erblühte wie eine junge Rose – genauso wie eine Pflanze, die nach dem großen Sterben eines grimmigen Winters doppelt so viel Kraft gewinnt.

Auch am letzten Abend schritten wir über die kiesgestreuten Wege im Park. Das letzte Mal. Wie oft nimmt der Mensch Abschied? Wir setzten uns auf den Brunnenrand und warfen Steine hinein. Wir beugten uns über den Rand und sahen im Wasserspiegel unsere Gesichter – wir nickten uns zu.

‚Roland, ich hatte dieser Tage einen sonderbaren Traum! Die Zeit war in großen Schritten vergangen, immer tiefere Wunden schlug der Krieg, das Blut war nicht mehr zu stillen. Selbst mein Vater musste noch gehen. Die Mutter saß mit Tränen in den Augen. Der Traum schien zu verblassen, doch plötzlich stand ich vor den Trümmern unseres Hauses. Ich ging zum sprudelnden Brunnen, der noch floss, und weinte, bis Tränen ins Wasser fielen. Die Verzweiflung war nahe. Plötzlich erschrak ich: Es tönten Schritte – ich drehte mich um und erschrecke nicht, denn du standest hinter mir und nahmst mich in die Arme, hier am Brunnen.'

So nahm ich sie nun tatsächlich in die Arme und drückte ihr einen Kuss auf die Lippen. Ich spürte, dass das verlangende Feuer der Liebe wieder brannte – der Liebe, die mir so viel Leid erbracht. Sie schien ganz neu, obwohl ich sie doch schon kannte. Sie war wie am ersten Tag, da sie in mein Leben trat, ungekannt, aber mit einer Stimme, die lockte und der man nicht aus dem Weg gehen kann.

Ich musste ziehen mit wehem Herzen, ebenso wie damals. Ich musste alles zurücklassen, nur die Erinnerung blieb: Mich begleiteten zwei Pferde und eine Kutsche – mich begleiteten die Worte des Mädels – mich begleitete eine Seele! Einmal hatte ich schon von der Liebe Abschied genommen, und doch knüpfte ich das zerrissene Band wieder zusammen. Der Mensch will es gar nicht anders haben.

‚Nimm es nicht ernst, Roland', sagte sie, als ich ihr aus dem Fenster des Zuges die Hand reichte. ‚Ich werde es schon tragen, obwohl ich viel gebe – ich gebe das, was ich am meisten liebe.' Die Ferne trennte uns, der Bahnhof verlor sich, das Bild des winkenden Mädels Rosita blieb!"

VII.

Die Welt brannte heller und heller. Der Drang zur Macht hatte das Feuer in Brand gesetzt, und dieses Feuer verzehrte den Bau, den die Menschen in Jahrhunderten mit ihrem Schweiß und Blut, mit ihrer Hände Arbeit errichtet hatten – es fraß selbst die Menschen, die in diesem Feuer sich wärmen wollten. Es fraß die Werte unserer Ethik, die Werte des Christentums und des Humanismus in kürzester Zeit. Die dunklen Wolken des Verfalls zogen über unser Volk; sie kündeten von der kommenden Ohnmacht.

Und Roland fuhr fort: „Wieder stand ich als Nummer zwischen den anderen. Ich musste vergessen, dass ich auch ein Mensch war. Aber ich konnte es nicht. Das Gefühl, das nach Freiheit trachtet und von meiner Mutter mitgeboren wurde, brach sich Bahn. Es brach sich Bahn gleichzeitig mit dem Werden des Mannestums. Als Nummer 23 musste ich mit meinem zerschossenen Arm hinausmarschieren und schanzen. In der glühenden Sonne des Spätsommers stand ich und versuchte mir darüber klar zu werden, warum ich hier mithalf, einen Graben zu schaufeln. Wollte man hier das Kriegsspielen üben? Wollte man der Jugend zeigen, wie es die Alten machten? Wollte man der Jugend die Jugend rauben? Oder hatte man dort oben Angst, dass bald der Feind hier im Land stehen würde?

In den Abendstunden suchte ich in einem Buch die Gründe dafür. Meine Kameraden mussten denken, ich wäre einer der besten Genossen dieses Systems. Aber ich durfte niemanden in die Seiten schauen lassen. Es war ein schönes Buch dem Aussehen nach. Jeder, der eine Ehe einging, bekam es mit auf den Lebensweg. Neben mir lag noch ein kleines Notizbüchlein, mit dem ich wenigstens sprechen konnte.

Nach einigen Tagen glaubte ich den Grund gefunden zu haben. Ich sprach wieder mit meinem Büchlein und kritzelte folgende Worte hinein. ‚Wenn ein Volk in Not ist, wenn es sieht, dass es in den Tod geführt wird von seinen Herrschern, dann gilt für das Volk kein Eid mehr. Ihre Führer sind Lumpen, die wissen, dass sie sterben müssen, und deshalb das Volk mit in die Hölle nehmen wollen. Es gilt die Pflicht für das Volk, diese Lumpen zu beseitigen!'

Der Wind schlug einige Blätter weiter, dort stand: ‚Der Hund vom Spieß bekommt das gleich Fressen wie wir. Sind wir nur noch Hunde?'

Ich überlegte gerade noch, woher ich diese Ader wohl haben mochte, und erinnerte mich daran, dass es meine Mutter gewesen war, die die Samen der Gerechtigkeit und der Freiheit in mich gepflanzt hatte – da plötzlich schrie die Meute ‚Achtung!' Sie standen wie angewurzelt. Es war der Herr Spieß, der die Bude betrat. Seine Augen trafen mich. War es erlaubt, in die Seiten zu schauen, die meine Gedanken verrieten? Seine Stirn runzelte sich tief beim Lesen, bis er donnernd befahl: ‚Sie melden sich sofort!' Mir war klar, wo ich meine Notizen überdenken konnte.

Es knarrte das Schloss und ich war gefangen. Ich schaute mich um; es war ein düsterer Raum. Spärliches Licht fiel durch ein hochliegendes Fenster, das mit fünf Eisenstäben wie ein Stallfenster aussah. Mehr konnte der Raum auch nicht sein. Kahle Steinwände, die an manchen Stellen noch feucht waren, starrten mich an. In der linken Ecke stand ein Gestell aus Brettern; es sollte wohl ein Bett darstellen. Davor stand eine Kanne mit Wasser, das war alles.

Hier sollte ich nun wohnen. Es kam schnell die Nacht; ich saß noch, den Kopf in den Händen ratlos auf dem Brettergestell. Was war geschehen?

In den buntesten Bildern zogen die Erlebnisse der letzten Wochen an mir vorüber, das war geblieben. Da fiel mir mit Schrecken ein, dass ich ja ganz vergessen hatte, nur einen Gruß zu senden, alles vergessen. Was nun? Ratlos!

Die Müdigkeit war stärker, und ich sank auf die Bretter. Ein Rütteln an der Tür machte mich munter. Es musste Morgen sein. Man reichte mir zwei trockene Scheiben Brot und einen Besen. Dann war es wieder still. Ich schaute verloren die Tür an, so krochen die Minuten, aus ihnen wurden Stunden. Vom Hofe drangen Schreie in meine Abgeschlossenheit.

Ich rückte das Brettergestell unter das Fenster und schaute zum Fenster hinaus. Draußen standen die Menschen, die Menschen: eins, zwei, drei, vier ... fünfzehn! Sie warfen die Köpfe herum und wieder nach vorn. Genauso als wenn man an einer Feder zieht, die dann wieder zurückspringt. Sie liefen an die Mauer und standen auf das Wort ‚Achtung!' – wie Bleisoldaten. Wehe dem, der es nicht konnte! Ihn jagte man in eine Ecke des Hofes; er musste sich hinlegen und kriechen wie ein Wurm; er musste sich im Kreise drehen, musste das Gewehr halten; er musste stehen wie ein Bild aus Stein. Warum aber legten sich die Knaben auf die Erde? Warum hüpften sie der Wand zu? Warum hoben sie Arm und Hand?

Schritten sie an einem Stock mit einem Hut vorbei – warum nur, warum?

Ab und zu schrillte eine kreischende Stimme über den Hof. Ein Mann stand da, sperrte seinen Mund auf, als schnappte er nach Luft oder drehte den Daumen. Das war der Grund, weshalb die armen Gestalten – die Nummern eins bis fünfzehn – sich hinlegten und wieder aufstanden und noch einmal die Erde küssten.

Es war Herbst geworden.

Draußen segelten die bunten Blätter zur Erde, wenn es windstill war. Sie flogen über den Zaun in die angrenzenden Gärten. Meine Kräfte schwanden, immer noch stand ich am Fenster, als der kalte Ostwind schon über die Erde strich, immer noch war es das gleiche Bild, das meine matten Augen sahen, immer noch liefen die Jungen und schmissen sich in den Dreck. Ihre Gesichter waren dumpf geworden; sie lachten nicht mehr. Ihre Körper waren nur noch Maschinen, die ihre Arbeit versahen, Tag für Tag. Hinlegen – auf: marsch, marsch!

Eines Tages führten mich mit zwei mit Gewehren bewaffnete Wachen – wie einen Verbrecher – vor Menschen, die mich mit blitzenden Augen maßen. Man schrieb und notierte. Zwei von den Herren verwickelten mich in ein Wortspiel und wollten Dinge wissen, die doch eigentlich gar nicht hierher gehörten: Sie wollten Auskunft über meine Vergangenheit haben und interessierten sich für mein Elternhaus. In den Pausen, in denen sie einem Mädel in die Schreibmaschine diktierten, hatte ich Gelegenheit, meine beiden Aushorcher zu studieren. Einer saß links von einem Tisch, der wie ein Pult aussah. Über seinen dicken Wangen war ein wenig Platz gelassen worden für zwei Augen, die in Schadenfreude und rohem Triumph lachten. Sie wanderten von meinen Füßen bis zum Kopf und ließen ein verächtliches Zucken erkennen. Diese Augen – für mich der Spiegel der Seele – genügten, um mir ein Bild zu machen. Seine rohen Fäuste schienen eher die eines Metzgers zu sein als die eines Gerichtsbeamten, den er wohl darstellen sollte. Auch seine Stimme, die wie das raue Bellen eines Hundes klang, passte ganz zu meiner Vorstellung eines Fleischers. Der andere Mann dagegen erschien mir wesentlich angenehmer, obwohl auch seine Augen eine gewisse List und Tücke verrieten. Links und rechts standen die beiden Wachen im Raum.

Zwischen all diesen Gestalten aber gewahrte ich plötzlich deutlich ein Bild des Pfarrers, eine Erscheinung des Graukopfes, der mir mit seinen Augen Sicherheit und Ruhe verlieh, und ich hörte seine Worte noch ganz klar: ‚Ja! Es ist eine Zeit der größeren Leiden, weil die Verachtung immer mehr wächst.'

Doch ich hatte keine Zeit, mich zu erinnern, denn sogleich fingen die Gestalten wieder an, mich zu piesacken – wie Fliegen, die man verscheucht hat und die auf dem kürzesten Weg zu ihrem Opfer zurückkehren.

Nach einer Stunde wohl führte man mich den dumpfen Weg zurück. Man öffnete die Tür, und nun war ich wieder allein. Der Schlüsselbund raschelte, die Schritte verhalten – allein! Ich sah erneut das alte Bild: Menschen, die liefen und hüpften, die sich hinwarfen und wieder standen und zählten: eins, zwei, drei ... zwanzig.

Ich wusste nicht mehr, wie lange mich dieses Loch beherbergt hatte. Doch eines Tages öffnete man mir unverhofft die Tür – und ich war frei!

Es musste Sonntag sein: Ich merkte es an dem Läuten einer Glocke; ich merkte es an den Leuten, die mit feinen Anzügen und Kleidern durch den Morgen schritten. Auch ich ging, um dem Ruf zu folgen, der vom Turm aus die Menschen rief. Als ich die Tür der Kirche öffnete, quollen breit die Ewigkeit verkündenden Orgeltöne mir entgegen. Lag hierin nicht etwas Erhabenes, etwas Göttliches, das nicht nur die Kirche – nein, auch Haus und Hof, Wald und Feld erfüllte?

Ich setzte mich in eine der hinteren Bänke und lauschte den Worten, die als Echo in dem hohen Raum widerhallten. ‚Die Strafen werden kommen in der Vernichtung der Völker und in einer immer größer werdenden Blödheit. Wie den Heiden muss man das Wort Gottes den Menschen bringen. Wie der Sämann seinen Samen streut, so streut Gott sein Wort über die Erde. Das eine fällt auf den harten Weg und dient den Hassern zur Speise. Das andere fällt zwar auf steinigen Boden und geht trotzdem gut auf. Aber der Teufel der Welt erstickt die Saat; es fehlt der Saft des Lebens. Und doch gehen manche Körner auf und bringen gute Früchte.'

Ich faltete meine Hände mit aller inneren Kraft, aus tiefster und voller Seele – ‚Und vergib uns unsere Schuld, wie auch wir ...' Ich konnte nicht anders: Ich stockte! Wie groß war die Schuld? Wie schwer wogen die Tage in den vier Wänden der Zelle? Was war Recht – was war Unrecht? Die Gemeinde aber hatte betend weiter gesprochen, und ich eilte hinterher ‚... wie auch wir vergeben unseren Schuldigern'.

Die Freiheit erfüllte mich ganz und gar. Mensch, weißt du, was es heißt, frei zu sein? Ich wanderte an den See und setzte mich in den Sand zwischen die wenigen Gräser. Ich sammelte Steine und warf sie hinaus in das Wasser. Es war ein herrlicher

Sonnentag, obwohl er schon spät im Herbst lag. Die Sonne strahlte auf die vom Wind leicht gekräuselte Wasserfläche. Schwarze Kähne glitten mit bunten Wimpeln und Segeln am Ufer vorüber. Gehe hin zur Natur, und du wirst blühen und gesunden, und du wirst lernen!

Der Wind blies kräftiger, die Wellen spülten immer näher heran. Es schien, als wollten sie mich vertreiben. Sie züngelten wie Schlangen, die einer Gefahr entgegentreten. Die Berge der Wellen gingen auf und ab und ab und auf. Ihre Kämme blitzten und flatterten wie die Mähnen weißer Rösser. Am Ufer entstand eine furchtbare Brandung.

Ich ging zurück aus der Freiheit der Natur in die Fesseln des Muss. So wanderten wieder in Eintönigkeit die Wochen dahin; sie wurden zu Monaten. Wie oft hatte das Licht der Tage die Nächte erneut vertrieben? Der Wind hetzte durch die Straßen und wirbelte den Staub auf, trieb das Papier vor sich her und neckte die Leute, indem er ihnen die Hüte vom Kopf wehte. Die Blätter der Bäume lagen unbeachtet auf der Erde – alles wirkte öde. Die Linden und die Eichen streckten ihre kahlen Arme in die Luft.

Dann aber stand ich dir gegenüber! ‚Richard, woher kommst du?' Wir klopften uns auf die Schultern, und wir schritten hinaus. In zwei Urlaubstagen, die wir auf dem Land verbrachten – weißt du noch – habe ich dir, meinem alten Freund, diese Geschichte erzählt: von Freud und Leid, von sonnigen Tagen und von Tagen, an denen ich mich nach dem Licht sehnte, nach der Stunde, die einige Strahlen durch das vergitterte Fenster des düsteren Raums fallen ließ." So schließlich endete Rolands langer Bericht.

Ja, das war damals auf dem Lande gewesen, unweit vom See. Eine viertel Stunde entfernt lag ein altes Schloss, von Wald umgeben. Und auch ein Flüsschen strömte mit seinem Wasser daran vorbei, dem Meere zu. Ich erinnerte mich noch genau an diese Stunden; denn auch der Gastwirt erzählte uns beiden eine kurze, aber unheimliche Geschichte – die von dem sagenumwobenen benachbarten Schloss.

„Es war an einem schönen Sommertag. Die Bauern freuten sich ob des reifenden Korns. Da kamen drei Wandergesellen des Weges, zogen ihre Hütlein und grüßten die Bauern. Hier in diesem Gasthaus ‚Zum goldenen Löwen' kehrten sie ein, um den Durst zu stillen. Sie zechten; es wurde Abend. Guter Rat war teuer; sie wollten irgendwo übernachten. Der dickbäuchige Wirt sah ihre Not, gesellte sich mit feistem Lächeln an ihren Tisch und schlug ihnen vor, doch in dem alten Schloss zu übernachten. Sie kannten den Wirt nicht, der im Dorf verschrien war; sie sahen nicht die List in seinen Augen.

Froh, ein Dach über dem Kopf gefunden zu haben, zogen die drei Burschen hinaus. Spöttisch grinsend stand der Wirt mit einer Pfeife in seinem Mund da und rief ihnen ‚Eine Gute Nacht' nach. In den dunklen Hallen suchten sich die drei ein Lager; doch eine unbestimmte Angst beschlich sie, als sie sich zum Schlafe niederlegten. An manchen Stellen tropfte das Wasser hernieder, die Müdigkeit siegte und der Schlaf übermannte sie. Nach einigen Stunden aber schreckte sie ein ungeheurer Lärm auf. Es hörte sich an, als ob eine Gruppe Kegler in der Nähe am Spielen wäre, und war sehr unheimlich. Ab und zu ertönte ein Jubelgeschrei. Die jungen Männer schlichen zur Nebenkammer und sahen hinein: Eiskalt lief es ihnen über den Rücken, denn vor ihnen standen Geister und trieben ihr Spiel mit menschlichen Totenschädeln!

Die Wandergesellen wollten fliehen, aber zu ihrem Unglück stolperte einer der Gesellen über einen Stein. Nun folgten die Geister und die Wanderer fanden keinen Ausweg! Enger und enger wurden die Gänge, bis sie schließlich vor einer Wand standen. Es ging nicht weiter! Sie waren gefangen und sahen glühende Augen, die immer näher auf sie zukamen. Da liefen sie zurück und der Erste hörte die klagenden Stimmen seiner ihm folgenden Freunde. Aber die Angst war unbeschreiblich und trieb ihn fort – immer weiter, nur fort!

Und tatsächlich klangen plötzlich seine Schritte ganz anders! Er atmete frische Luft! War er frei? Ja – über ihm stand die Sichel des Mondes! Er torkelte weiter und fiel zu Boden; ein Schrei rang sich aus seiner Brust. Der Nachtwächter des Dorfes wollte ihn gehört haben. Am Morgen fand man den Wanderer mit gebrochenem Bein am Wegesrand. Als man ihn forttrug, sah er den Wirt, der höhnisch lächelnd am Wege stand. Die Zähne knirschend rief er ihm zu: ‚Ich werde die Rechnung noch begleichen!'

Es verging ein Jahr und jeder scheute die Burg. Eines Tages aber kam erneut ein Wanderer ins Dorf. Leicht zog er ein Bein nach und schief saß der staubige Hut auf seinem Kopf. Er grüßte die Bauern wie alte Bekannte, doch keiner erkannte ihn. Er kehrte in die gleiche Wirtschaft ein. Abends wollte ihm der Wirt wieder das Lager im Schloss anbieten. Er nahm es an, doch bat er um seine Begleitung. Der Wirt schloss mit dem rostigen Schlüssel das Tor auf, schwer hing es in den Angeln. Doch ehe sich der Wirt versah, fühlte er sich in den Raum gestoßen, und das eiserne Tor schlug zu. Von draußen hörte er die Stimme des Wanderburschen: ‚Grabe nie anderen Menschen ein Grab!' Er glaubte, der Herr Wirt, würde sich seiner schwer erinnern; doch er hatte ihn nie vergessen! Immer stand er ihm vor Augen als Mörder seiner beiden Gesellen, und jetzt hatte er sein Wort gehalten, dass er ihm damals gab: ‚Ich werde meine Rechnung begleichen!'

Der eingeschlossene Wirt begann zu schreien und zu toben, aber der Bursche war bereits davongeschritten. Am Fluss blieb er stehen, zog den Schlüssel aus der Tasche und warf ihn ins Wasser. Der Wirt kehrte nie wieder. Viele Jahrzehnte später fand man seine Knochen." Und so kam auch diese gruselige Erzählung zu ihrem Schluss.

Draußen schrie ein Nachtvogel, ein Kauz! Ein Windstoß löschte die Flamme der Kerze, bei deren Schein wir gesessen hatten.

VIII.

Von diesem Tag an habe ich Roland nie mehr verlassen, und ich musste zum Trost seiner Mutter die Erlebnisse, die der Weg des Lebens für uns bereithielt, niederschreiben.

Es kam der Winter; es kam der Advent; es kam die Heilige Weihnacht. Alles zog in stiller Erinnerung und Andacht an uns vorbei. Wir hatten verlernt zu klagen. Es half ja nichts! Es kam Silvester, und wir saßen zusammen in einem Café, schlürften die Brühe und versuchten, den Kuchen zu genießen. Rolands Augen suchten einen Punkt, den ich erst fand, als er mir einen kleinen Rippenstoß versetzte. Es war ein Bild, das bis heute nicht mehr aus meinen Augen schwinden will, ein Bild, von dem Roland in den Tagen draußen im Graben schwärmte. An einem Tisch saß eine echte Dame! Auf ihrem fein geformten Gesicht saß keck ein weißes Pelzmützchen, unter dem ihr goldenes Haar hervorquoll. Den dunklen Mantel füllte ein wohlgestalteter Körper und um ihre schlanken Beine trug sie weiße Stiefel. Wir sagten nichts, aber wir wussten, was wir sagen wollten.

Roland zog seine Brieftasche hervor, nahm eine Karte mit seinem Namen und schrieb einige Zeilen darauf. Leider besaß er keinen Umschlag mehr, was ihm peinlich war und ihn beinahe an seinem Vorhaben gehindert hätte. Nach kurzem Überlegen reichte er sie dem Fräulein, das zwischen den Tischen umherging und nach den Wünschen der Gäste fragte, mit der Bitte, die Karte an das Fräulein mit der weißen Mütze auszuhändigen. Aber es ist nun einmal so zwischen den Menschen, dass sich die Sinne einer Frau angesprochen fühlen, wenn aus der Umgebung heraus zwei Augen sie verloren betrachten. Sie hatte sich schon erhoben und war im Begriffe, das Café zu verlassen, da reichte das Bedienungsmädel ihr die Karte, die sie mit einem Kopfnicken in die Tasche steckte. Es vergingen Tage; ein neues Jahr war ins Land gezogen. Ein Jahr, das die Entscheidung herbeiführen sollte. Ein Jahr, das zeigte, dass das Selbstbewusstsein unseres Volkes schon längst geschwunden war. In diesen Tagen wartete Roland vergebens auf eine Nachricht, nur noch das Bild schwebte ihm vor.

An einem Wintermorgen zogen wir hinaus zur Übung. Endlos dehnte sich die ebene Fläche, bis sie sich am Horizont mit dem wolkenlosen Himmel vereinigte. In der Nacht musste Neuschnee gefallen sein. Weit vor der Stadt begegnete uns eine Kalesche. Diese Begegnung war eigentlich keine Besonderheit, denn an derartige Fahrzeuge hatten wir uns in dieser Gegend längst gewöhnt. Aber für Roland war es doch etwas Außergewöhnliches, denn er traute seinen Augen kaum, als er achtlos in die Kutsche schaute: Vor ihm zeigte sich kurz das Antlitz der fremden Dame mit ihren fein geschnittenen Zügen und dem weißen Pelzmützchen, unter dem die blonden Locken hervortraten. Seine Augen leuchteten und er folgte der Kalesche, die sich in meinem Rücken verlor. An diesem Morgen beherrschte ihn eine große Freude, und als wir später allein im Straßengraben zusammenlagen, klopfte er mir so fest auf die Schulter, dass ich erschrocken aufschaute.

„Richard, nun weiß ich die Richtung", das Maß der Freude sollte aber noch größer werden: Als wir in die Kasernenstraße einbogen, sahen wir erneut die schwarze Kalesche mit ihren zwei herrlichen Füchsen, als sie sich gerade entfernte. Auf dem Bock erkannten wir noch den Kutscher, in Pelzen vergraben. Roland rannte die Steinstufen hinauf – und wirklich, dort lag ein Brief.

Ihm klopfte vor Aufregung das Herz; er riss den Briefumschlag auf und verschlang die Zeilen, reichte sie mir und ging hinaus.

Werter Herr Kumpf.
Anbei die Visitenkarte zurück. Ich möchte Ihnen doch raten, wenn Sie das nächste Mal ein „frauliches Wesen" kennenlernen wollen, galantere Formen einzuschlagen. Seien Sie mir nicht böse.

Ein erfolgreiches neues Jahr wünscht Ihnen
Annette Killinger
Hohensalza*

Ich lief die Treppe hinunter und suchte Roland, ohne ihn zu finden. Nach einer Stunde kam er lachend in die Stube und schlug mit der Hand auf den Tisch. „Das hat geklappt!"
„Was hat geklappt?", wollte ich wissen.
Er schwieg, und ich konnte mir nur etwas zusammenreimen, aber dazu hatten wir wenig Zeit. Ein Raunen ging durch die Menge der Soldaten, ein Flüstern erfüllte die Menschen der Stadt. Aus dem Flüstern wurde Angst, aus der Angst ein Zusammenraffen der Sachen und dann wartete man. Die Menschen warteten darauf, dass sie flüchten mussten.
Wir mussten wieder an die Front. Dieser Befehl hatte alles verändert. Es war so, als hätte ein Mensch einen Ameisenhaufen zertreten. Die Soldaten eilten hin und her; es war ein Kommen und Gehen. Unter ihnen waren viele, denen dieser Befehl ein neues Erlebnis bedeutete. Ihre Augen glänzten, ihre Stimmen ereiferten sich in Reden und Lobsprüchen. Sie wollten es wissen!
Unsere Augen aber hatten den Glanz des Idealismus abgelegt. Wir hatten schon hinter das Wort Krieg geschaut, hatten erlebt, dass Krieg nicht nur „Beweger" der Schlachten ist, die Ruhm und Ehre bringen können. Wir wussten, dass die Schlachten Vernichtung, Elend und den Tod brachten, dass der Krieg tatsächlich der grausamste Beweger aller Dinge ist!
Von Roland war in diesen Tagen wenig zu sehen, und wenn wir auf unseren Sachen – die aus einem Tornister, einem Brotbeutel und einer Feldflasche bestanden – saßen, dann begann er, auf den Krieg und auf alles zu schimpfen. „Erinnerst du dich noch, dass meine Mutter und deine Eltern gar so anders dachten", sagte er, „wenn wir begeistert von dem Dienst nach Hause kamen. Weißt du, wie viele Tränen meine Mutter schon vergossen? Und nicht nur meine Mutter – viele Mütter, viele!"

Er hatte bisher noch kein Glück gehabt; er hatte Annette noch nicht treffen können. Aber ich wusste inzwischen, was „geklappt" hatte: Nachdem er ihren vollen Namen durch die Karte wusste, suchte er ein Telefonbuch und fand wirklich das, was er brauchte. Er ließ sich verbinden und ihm klopfte heftig das Blut in den Adern, als eine Stimme antwortete: „Hier Killinger!" Plötzlich fand er Worte; er redete weich und bittend. „Herr Kumpf, das ist wirklich eine Frechheit, wenn ich so sagen darf!" „Doch wissen Sie, Fräulein Annette: Es gibt da einen Unterschied – anständig frech und unanständig frech! Es bleibt doch dabei? Montagabend vor dem Theater! Ich danke."

Es traf ihn wie einen Schlag, als man uns meldete, dass es am Dienstag losgehen sollte. Ausgang, Urlaub alles gesperrt, jeder hat an seinem Platz zu bleiben. Zwischen den Schränken, zwischen dem Schreien und Lärmen der anderen saß er auf einem Bett und grübelte. „Was mache ich nur?", dachte er wohl, bevor er mich rief und bat, ihm zu helfen. Wir gingen zu unserem Chef und Roland bat, als Mensch verstanden zu werden. Der Offizier wog den Kopf zweifelnd hin und her. Nach einer Pause des Überlegens gewährte er die Erfüllung der Bitte und machte mich dafür verantwortlich, dass ich im Falle des Abmarsches Roland zu holen hätte. Der drückte mir begeistert beide Hände und eilte los. „Du bleibst aber wach, bis ich komme, Richard!", rief er mir noch zu, als er schon unten im Hausflur stand. Ich wartete. Eine kleine Ecke in der Bude hatte ich mir gesucht, wo ich noch einmal zur Feder griff und einen Gruß in die Heimat sandte.

> Liebe Eltern, liebe Amelie!
> Ich habe nun noch etwas Zeit gefunden und will Euch schnell das Schwere verkünden. Morgen hat wieder unsere Stunde geschlagen: Es heißt, wieder einmal Abschied nehmen! Von Euch muss ich dies schriftlich tun. In Gedanken bin ich unter Euch.

Du, Mutter – ach, so gerne möchte ich Dich wiedersehen. Lange habe ich wohl nichts Rechtes von mir hören lassen, war fast gestorben. Doch heute zum Abschied will ich mein Herz noch einmal so ganz ausschütten, Dir Mutter, die mich geboren – Dir Vater, der mich geschaffen!
Ich fange an mit meiner „Wut" auf Vater – diesen „Unmenschen", für den ich ihn früher innerlich hielt. Wie quälte mich diese Wut, wenn von mir Faulpelz nur ab und zu eine Kleinigkeit verlangt wurde. Heute weiß ich: Es war Unrecht von mir. Deutlich noch sehe ich einen Abend vor mir, an dem ich mich schwer versündigte! Habt Ihr mir vergeben?
Vater kam spät in das Wohnzimmer und gab mir den Auftrag, die Kirche zuzuschließen. Der „Filius" aber wollte nicht. Vater kam auf mich zu. Ich kann es gar nicht mehr fassen, was geschah: Ich erhob mich vom Stuhl und stemmte die Ellenbogen vor. Vater fiel zurück, taumelt gegen die Blumenkrippe; ich hörte nur noch ein Klirren und ergriff die Flucht.
Vater und Sohn.
Ich brauche nicht weiter zu erzählen. Heute erfüllt mich eine tiefe Reue. Heute, da ich glaube, es zu verstehen. Ich danke Dir, Vater, und Dir, Mutter: Du predigtest immer von Ordnung und Sauberkeit und Du ermahntest mich – „Halte Dich an Gott!"
Auch Dir gilt mein Dank – jetzt, wo ich scheiden muss.
Das sei ein vorerst letzter Gruß von
Eurem Sohn Richard

So saß ich in Gedanken verloren und schaute in den Tabakrauch, der den Raum erfüllte. Da öffnete sich die Tür, mit einem von Freude überzogenen Gesicht kehrte Roland zurück.

Wir wickelten uns in unsere Decken, und er begann leise zu summen: „Martha, Martha du entschwandest."

Dann schwieg er und begann kurz darauf von Neuem: „Der Lenz ist gekommen, die Rosen erblühn – Richard, es war so schön! Ich hastete durch die schneebedeckten Straßen zum Theater, ging von Kutsche zu Kutsche, sprach eine Dame an und musste mich entschuldigen, weil ich mich geirrt hatte. Durch die weiten Tore strömte ein heller Lichtschein nach draußen, als sie geöffnet wurden. In der Vorhalle standen die Menschen in Gruppen und redeten eifrig. Da erhaschte ich einen Blick auf die weiße Pelzmütze! Mit raschen Schritten ging ich darauf zu und stellte mich vor. ‚Ach – Sie sind der freche Herr Kumpf!'

Es läutete, und wir suchten unsere Plätze; ich fühlte mich wie in einer ganz anderen Welt: in einer Welt, die der Mensch lieben muss – eine Welt, die nicht den Lärm des Kasernenhofes kennt. Ich konnte mich nicht sättigen am Hören der Musik; ich konnte nicht satt werden vom Anblick der lieblichen Figuren.

Plötzlich spürte ich, dass etwas über mein Knie zu Boden kullerte. Vorsichtig langte ich nach unten, und meine Finger ergriffen einen Ring, den ich in die Tasche steckte, denn ich wusste wohl, dass er Annette vom Finger gefallen war. Der tosende Beifall am Schluss wollte kein Ende nehmen. Wir schritten hinaus in die Nacht, wo am dunklen Samt des Himmels die Sterne korngesät standen, die gleichen Sterne, die einmal in unserer Not die Wegweiser waren, der große Wagen, der Polarstern.

Der Kutscher hatte die Tür geöffnet, langsam lehnten wir uns in die Polster zurück und lauschten dem Schellengeläut der ausschreitenden Pferde. Nach Minuten, in denen wir unseren Gedanken nachgegangen waren, brach ich das Schweigen und dankte für diesen Abend. ‚Sie wissen wohl noch nicht, dass es der erste und letzte Abend ist. Seien Sie nicht überrascht: Es ist so – morgen muss ich leider wieder ins Feld.'

‚Sie müssen wieder ins Feld?', fragte sie sinnend. Dann lehnte sie sich vor und rief durch das Fensterchen dem Kutscher zu: ‚Andrejewitsch, eile nach Hause!' Durch die klare

Winternacht ging die Fahrt. Der Schnee knirschte, draußen stand der Frost.

‚Darum entschuldigen Sie', nahm ich das Gespräch wieder auf, ‚wenn ich so ganz den Rahmen des Anstandes fallen lasse und von Dingen rede, die der Mensch erst wachsen und reifen lassen sollte. Entschuldigen Sie, wenn ich wie ein Stürmer und Dränger erscheine, wie ein Mensch, der keine Zeit hat, der nicht gelernt hat, zu warten – entschuldigen Sie!'

Sie schwieg. Ihr Körper lag schwer in dem Polster und ihr Atem spielte mit der Kälte. Der Wagen ruckte und hielt; wir waren angekommen an ihrem Heim. ‚Kommen Sie, Roland. Ich lade Sie ein! Ich wusste nicht, dass es der letzte Abend sein würde. Aber nun dürfen Sie ohne bleibende Erinnerung nicht gehen.' Ich bot meinen Arm an, um sie durch den Schnee zum Hause zu führen. Richard, es wird wahrlich eine bleibende Erinnerung bleiben: *Sie* ist die Richtige!

Ihre ganze Erscheinung, ihr Gesicht mit den klaren, blauen Augen, die so hell und rein ihr Innerstes wiedergaben – ihre Gestalt, die sich im Kleid so deutlich zeichnete und ihr Spiel! Sie holte ein Schifferklavier hervor und spielte, und sie fragte mich, ob ich nicht noch einen Wunsch hätte. Ich hatte einen, und der hieß:

Brüderlein fein …

Es verrauschte, und wir saßen wieder in der Kalesche und wieder drängte eine Stimme in mir: Sie drängte und forderte eine Entscheidung.

‚Es ist nun einmal so, dass der Mensch den Menschen sucht, und besonders in Zeiten der Not, in Zeiten der Unordnung braucht der Mensch einen Halt, einen Punkt, an dem er ausruht. Es ist viel, wenn ich dich frage, ob du mir ein Versprechen geben kannst, aber Annette verstehe mein Verlangen und mein Drängen!'

‚Roland, ich habe bisher darüber geschwiegen. Nun, da der Abschied drängt, will ich reden. Wir dürfen uns nicht blenden lassen; wir müssen nüchtern sein und vernünftig denken. Du kennst die Nöte der Zeit. Ich weiß, es kann so nicht weiter gehen – der Schwindel der Freiheitsparolen wird untergehen. Untergehen: Dabei wird viel Schlechtes und Gutes untergehen. Ebenso wie Tausende unschuldig ihr Leben gelassen haben und noch lassen müssen. Das Blut schreit gen Himmel. In dieser Zeit kann ich dir nicht ein Wort geben, das wir später vielleicht bereuen müssen. Später, wenn uns einmal die Schuppen von den Augen gefallen sind. Aber ich will dich nicht ohne Hoffnung hinausziehen lassen. Ich will dir ein Versprechen geben, weil ich dich zu kennen glaube. Ich will dir versprechen, ein Kamerad und ein Lebensfreund zu bleiben. Hier hast du meine Hand, und nun bleibt uns nur noch Zeit, Abschied zu nehmen!'

Es wurde still. Die Sprache der Augen erzählten Worte, die kaum ein Mensch gesprochen, eine Sprache, die so wohltut: ‚Auf Wiedersehen! Gute Nacht!' Sie drückte mir ein Büchlein in die Hände. ‚Hier kannst du mit mir plaudern. Gute Nacht! Auf Wiedersehen.'

Da fiel mir mit Schrecken der Ring ein. Ich riss noch einmal den Schlag auf und reichte ihn hin. ‚Er ist dir während der Vorstellung zu Boden gefallen.' ‚Ich danke dir!', mit diesen Worten zog sie mich an sich. Ich spürte ihre Lippen, die so dankbar und weich auf den meinen ruhten."

Am nächsten Tag ratterten unsere Wagen zum Bahnhof, alles wurde verladen. Es herrschte eine grimmige Kälte. Der scharfe Ostwind ließ Ohren und Nase, Hände und Füße erkalten. Es dauerte bis in die Nacht, aber endlich war alles untergebracht. Uns Menschen hatte man in Viehwagen auf Stroh gebettet. Roland und ich standen noch auf der Rampe und schauten nachlässig dem Rangieren der Lokomotive zu. Hinter uns knirschten Schritte, jemand stieß Roland in die Rippen: „Hier noch ein Brief ... Adieu!" Roland zog seine Taschenlampe hervor und las:

Lieber Roland,

noch schnell ein paar Zeilen. Lange habe ich gestern wach gelegen und dachte noch einmal mit Freuden daran, dass ich Dir – lieber Roland – nicht mehr und nicht weniger mit meinen Worten versprach, als Dir ein Kamerad und Lebensfreund zu sein, welchen Du als ehrlicher, aufrechter Mensch verdienst. Lass Dir daher noch einmal sagen, dass Du mit all Deinen Anliegen jederzeit zu mir kommen und alles anvertrauen kannst, was Dich in Deinem Innersten bewegt. Wir kennen uns kaum und doch ist mir, als ob ich alles, ja das Kleinste, ungewöhnlich Erscheinende von Dir wüsste – und nur deshalb kann ich heute zu Dir so sprechen.

Siehe, Du bist der Mensch, in welchem man heute schon sein Werden sehen kann. Ich weiß auch, dass jeder Mensch, der es zu etwas „Großem" bringen will und bringt, einen zweiten Menschen dazu braucht, welcher ihn aus den peinlichsten Lagen mit seinem „Verstehen" heraushilft. Und was stellt dieser zweite Mensch dar? Es ist doch immer wieder der Kamerad und Lebensfreund.

Roland, Du bist doch ein vernünftig denkender Mensch und wieso wolltest Du mich gestern Abend nicht ganz verstehen?

Heute aber kann ich – so ich meinen Gefühlen nachgehe – behaupten, dass Du mich doch verstanden hast. Sollte ich mich aber geirrt haben, dann betrachte diesen Brief als nie geschrieben. Wir sehen uns jetzt nicht mehr. Kannst Du mich verstehen, dann nimm diese Zeilen mit Dir.

Viele herzliche Grüße
Annette

„Ein jeder lernt nur, was er lernen kann;
Doch der den Augenblick ergreift,
Das ist der rechte Mann." J. W. v. Goethe (Faust)

IX.

Wir legten uns ins Stroh und schlummerten ein. Erst das gleichmäßige Lied des Zuges weckte uns wieder auf. Wir fuhren! Wohin? Keiner von uns wusste es; wir fuhren hinaus an die Front und kamen schließlich östlich von Litzmannstadt* an.

Wir sagten unserer Heimat Ade; wir grüßten zum letzten Mal unseren Boden. Das Bild änderte sich gewaltig. Es ging durch verlassene Dörfer und Städte; es ging wieder in den Krieg. Alle Bequemlichkeiten hatten ein Ende.

In den ersten Tagen herrschte noch Ruhe, nur ab und zu brummten über uns einige Flieger. Die jungen Soldaten lagen mit leuchtenden Augen hinter den Gewehren – sie warteten. Aber ach, dieses Leuchten wird vergehen! Dieses Warten wird vielleicht morgen zum ewigen Schlaf. Uns ging es einmal ebenso – auch unsere Jugendseelen hatte man mit den leuchtenden Idealen gefüllt. Man hatte uns damit genährt und gespeist und endlich hinausgeschickt. Dort mussten wir feststellen: Es war gar nicht so, wie man es uns erzählt hatte – man hatte unseren Glauben verraten!

Es schneite in den ersten Tagen unseres neuen Einsatzes, doch später klarte es sich wieder auf. Ab und zu holte Roland sein Büchlein hervor, das er in der Brusttasche trug, und er spitzte den Bleistift, nahm ihn zwischen die Zähne und dachte angestrengt nach. Das zeigten die beiden Falten, die sich dann auf seiner Stirn bildeten. Plötzlich griff er den Stift und malte einen Stern in die Nacht.

„Am Himmel standen korngesät die Sterne, ein leuchtend Etwas zog so oft die schnelle Bahn; meine heißen Bitten gingen hin in weite Ferne, hin zu dem Menschen, der mein Herz mir nahm."

„Na, wie findest du das Richard?"

Oft gab es unverhofft Alarm; wir sprangen in unsere Kästen aus Eisen und Stahl und ratterten nach vorn. So verstrichen die Tage und die Wochen. Unser Sprit ging zur Neige. Wir funkten – man machte uns Hoffnung. Wir funkten wieder – der Sprit blieb aus. Wir funkten noch einmal – es meldete sich niemand mehr. Abgeschnitten! Was sollten wir tun?

Tag für Tag rannte der Gegner an; Tag für Tag schaufelten wir Gräber und legten Kameraden zur letzten Ruhe.

Was sollten wir tun?

Wir sprengten unsere Panzer und zogen uns zurück: Ein kleines Häuflein waren wir geworden. Da erreichte uns doch wieder ein Funkspruch: „In den Dörfern einnisten und verteidigen!" Schon längst erhielten wir keine Verpflegung mehr; schon längst war die Versorgung abgebrochen.

In einem Dörflein, das am Ostufer eines fest zugefrorenen Flusses lag, ließen wir uns nieder. Es war fast ausgestorben. Kein Mensch saß mehr an den Öfen; sie waren kalt. Keine Kuh blökte mehr im Stall. Auf den Höfen liefen nur einige Hühner umher, und plötzlich meckerte auch eine Ziege, die sich verlaufen hatte. Sie hatte guten Grund zum Meckern, denn ihr Euter war zum Platzen voll. Das kam uns gerade recht.

Wir bauten uns Stellungen und verkrochen uns oft. Vor uns erschienen plötzlich Menschen: Feind oder Freund? Zerrissen waren ihre Kleider, wankend ihr Gang, einige trugen ihren Arm in einer Binde oder versuchten, mit einem Stock vorwärtszukommen – arme Menschen! Es waren Kameraden, die irgendwie einen Weg in die Heimat suchten. Sie lachten über uns, als sie vorbeizogen: „Kommt mit, hier ist nichts mehr zu machen! Uns ist die Lust vergangen. Was wollt ihr hier noch verteidigen. Der Feind ist schon vor euch, auch hinten im Rücken. Macht, dass ihr einen Weg zurück findet." Sie humpelten weiter, weiter nach Westen. Uns pfiff der Wind um die Ohren und geigte uns so manche Symphonie.

Es dämmerte früh in diesen Wintertagen. Am Abend lagen Roland und ich in einem von uns nett eingerichteten Raum. „Richard, auf was warten wir noch? Warten wir auf den Tod? Wo wir doch leben wollen!"

Wir waren vor die Tür getreten. „Da schau: Warum glüht am Abend der Himmel hinter uns im Feuerschein auf? Warum erhellen Blitze im Westen sekundenlang das Dunkel der Nacht, während wir doch nach Osten schauen. Wahnsinn! Wissen die denn nicht, wo wir sind?

Warum klingt am Tage das dumpfe Stöhnen der Schlacht im Rücken von uns? Dann will man uns noch erzählen, die Front liege weit vor uns. Hinter uns liegt sie! Wir sind eine Insel, eine Insel dem Ansturm des brandenden Meeres geweiht – eine Insel, die untergehen wird.

Richard, unter diesem Himmel stehen deine Eltern, unter diesen Sternen lebt meine Mutter, in dieser Welt warten Menschen auf uns – sie warten. Wer kann es hindern, dass wir mit unseren Gedanken in anderen Gegenden wandern. Bei dem Gedanken, die Lieben trotz aller Hoffnung nicht wiederzusehen, befällt mich Wehmut. Ich falte die Hände und spreche leise vor mich hin: Herr Gott, du bist unser Vater, du wirst Wege finden!

Ich weiß, viele werden lachen, aber ich will ihnen nur sagen: Nicht wenige haben an diesem Gott ihren Halt in den schweren Kämpfen gefunden. Möge er auch uns führen, Richard. Gute Nacht!"

Er ging in die Stube.

Der Morgen kam mit eilenden Schritten. Ab und zu war ich in der Nacht nach draußen gegangen und hatte in die Dunkelheit gelauscht. Lag ich wieder auf dem Stroh, hörte ich die gleichmäßigen Schritte des Postens, bis ich einschlief.

Am Morgen zeigte sich der Himmel zunächst als Schmuckstück: Im Osten schimmerte er noch bläulich durch die vorbeiziehende Wolkenwand. Sie reichte nicht ganz bis zur Kapelle, die dort auf dem Hügel stand, und verlor sich am Ende in Wolkenlappen und -fetzen. Dann begann das Blaugrau im Osten langsam zu glühen, immer feuriger. Zwischen diesem Rot aber lagerten noch dunkel drohende Schneewolken. Die Zeit schritt fort und die Sonne erhob sich aus ihrem Bett, knallrot glühend und in die Augen stechend, bis sie schmerzten.

Mich erfüllte an diesem Morgen ein Gefühl der Unruhe, ein warnendes Gefühl, das sich bestätigen sollte. Roland hatte gerade sein Erinnerungsbüchlein, in das er wieder einen Vers geschrieben hatte, zugeschlagen und war hinausgegangen.
„Ich will mal schauen!"
Da schlug die erste Granate direkt neben unserem Häuschen ein. Das Glas klirrte und zersplitterte, der Boden zitterte. Roland war nach vorn geeilt. Vom Hügel bimmelte die Glocke, ein Glöcklein nur. Hatte sie der Wind angeschlagen oder ein Mensch? Es blieb keine Zeit, es festzustellen. Ich eilte mit langen Schritten durch den Straßengraben. Um mich herum war plötzlich die Hölle los! Es zwitscherte und surrte durch die Luft. Äste brachen von den Bäumen. Trichter – eben erst neu aufgerissen – starrten mich gähnend wie riesige Münder mit ihrer dunklen Erde aus der weißen Schneelandschaft heraus an. Ab und zu hielt ich diese Erde lieb und presste mich so fest ich nur konnte nieder! Mein Gesicht glühte schon, als hätte man mich mit Brennnesseln geschlagen. Da tauchte plötzlich Roland vor mir auf. Er keuchte, warf sich neben mir nieder und stieß einige Worte hervor. Sein Rock hing in Fetzen, das nackte Fleisch trat hervor und Blut rann in Streifen daran herunter.
„Richard – zurück – wir – sind verloren!"
Uns war auf einmal eine große Kraft gegeben. Wir krochen zurück zum Hof, sprangen auf, denn wir hatten Deckung. Dann warfen uns plötzlich ein ohrenbetäubender Lärm und eine Druckwelle wieder zu Boden. Man hatte die kleine Brücke gesprengt. Der erste Gedanke, der uns befiel, war: Wie nun hinüber?
Wir rannten zum Ufer, die Angst und der Tod waren uns auf den Fersen. Die Eisfläche hielt, nur in der Mitte strömte das Wasser noch. Einerlei, hindurch, denn oben vom Hügel aus schwärmten unsere Verfolger hernieder. Sie schossen im Liegen, im Knien, im Stehen; sie schrien, und der Schreck fuhr uns in die Glieder. „Weiter, weiter!", riefen wir uns zu. Wieder tauchte vor uns das höhnende, frech grinsende Gesicht auf,

das nur meinte: „Das ist Krieg!" Doch wir wussten: „Ja, das ist Krieg – wir wollen ihn nicht mehr!"

Am anderen Ufer kämpften wir uns hoch und eilten dem nahen Wald zu. Die Geschosse neben uns zerbarsten – wir suchten einen Weg, einen Weg in die Freiheit. Wumm! ... Ich stürzte zur Seite, warf mein Gewehr in den Graben und versuchte weiter zu kommen. Es ging. „Weiter, weiter!" Hinter uns ritt der Tod.

Im Wald fanden wir uns wieder, Roland und ich. Die Stunden hatten unsere Gesichter tief gefurcht; wir waren noch älter geworden, aber zum Überlegen hatten wir keine Zeit. Wir kannten nur noch ein Wort: „Weiter!" Es waren gerade mal zehn Mann, die übrig geblieben waren. Aber was galten schon zehn mehr oder weniger. Die Herren saßen am Tisch und rechneten und rieben sich dann und wann die Finger am Kaminfeuer. Was galt denen schon ein Mensch?

Wir aber liefen weiter, immer nach Westen; wir liefen, den gierigen Klauen des Todes zu entgehen; wir liefen und glaubten, unser eigener Atem, der um uns wehte, sei die knochige Hand des Vernichters.

Wir liefen, bis wir zu dem Herrenhaus eines großen Gutes gelangten. Verwüstet lag alles umher; ausgestorben war dieses Stückchen Erde, an dem einmal vielleicht die Freude gewohnt hatte.

Zehn Menschen fanden sich hier zusammen. Zehn Menschen, die wussten, dass sie eine lebende Insel waren. Roland und ich nahmen Binden und wickelte sie über die Wunden, die wie Feuer brannten. Alle sahen erbärmlich aus – zerrissen: Mantel und Hosen und Rock, zerfetzt die Schuhe, sodass die blanken Zehen hervortraten. Beschmiert die Hände und das Gesicht mit einem Gemisch aus Erde und Blut. So versuchten wir einen Ausweg zu finden, einen Weg in die Heimat. Die Nässe, die in unseren Stofffetzen saß, hatte der Frost zu einem Brett erstarren lassen. Eiszapfen hingen von den Säumen unserer Mäntel herab. Wir wickelten uns Lappen um die Füße und Schuhe; wir banden Lappen um den Kopf. Dann brach die

Nacht herein, die Dunkelheit, die wir suchten, um in ihrem Schutz einen Weg zu finden. Der Frost biss uns ins Gesicht, als wir im tiefen Schnee des Grabens nach Nordwesten wanderten. Über uns wölbte sich der sternenklare Himmel. Er hatte Mitleid mit uns und zeigte uns den Weg, denn wir hatten nichts, wonach wir uns richten konnten. Wie ein Leichenzug schritten wir durch die Gegend, mit wenig Hoffnung, wenig Trost, viel Verzweiflung und viel Angst.

Nun ging es nicht mehr weiter: Wieder lag eine zerstörte Brücke vor uns; sie führte über einen unüberwindbar tiefen Graben. Zurück? Zurück dahin, wo uns vielleicht der Gegner empfangen würde – zurück in unser Verderben? Ja! Wir tasteten uns vorsichtig zurück und bogen dann nach Westen ab. Schritt für Schritt näher der Heimat, das war unser kleiner Trost. Als der Morgen sich näherte, versuchten wir in den endlosen Wäldern vorwärtszukommen. Später verbargen wir uns in einer abgelegenen Scheune. Das ging nun schon drei Tage lang so: Den Gefahren waren wir aus dem Weg gegangen, doch wussten wir nicht, wie weit der Weg noch war, der uns wie gejagtes Wild umherirren ließ.

Unsere Glieder waren lahm; unsere Gedanken waren zügellos. Wir waren unendlich müde und hungrig. Jetzt schlafen, nur schlafen! Der Schnee leuchtete wie die weiße Bettdecke zu Hause, der Schnee verlockte sich niederzulegen zum Schlafe. Aber das hätte den Tod bedeutet, ein süßer Tod, eingeschlafen in der weichen Decke des Schnees!

Es wurde wieder dunkel, weiter ging unser monotoner Gang. Da tauchte aus der Dunkelheit der schwarze Rand eines Waldes auf. Unter unseren Schritten knirschte der Schnee. Der Waldrand erschien wie das offene, schwarze Maul eines Raubtieres. Doch wir hatten wenig Gedanken. In den Wald führte ein Weg. Links, hart an der Straße stand ein Strohschober. Wir taumelten vorwärts – wir taumelten in eine Falle: Plötzlich stand der Schober in lodernden Flammen und erhellte die Gegend wie am Tage. Die Ruhe der sanften Nacht war dahin. Irgendwoher zischte und fauchte es wie das Züngeln giftiger Schlangen.

An einem Baum gestützt stand Roland. Er hatte die Augen geschlossen. „Komm, Roland: Wir müssen weiter – komm!" „Ich kann nicht mehr", rang es aus seiner Brust. „Es ist Wahnsinn – ich bin so müde."

Er zog seine Pistole aus der Tasche und wollte seinem Leben ein Ende bereiten. Ich riss sie ihm aus der Hand, was er willenlos mit sich geschehen ließ und zerrte ihn mit fort. Da kam mir noch jemand zu Hilfe; ich konnte ihn nicht erkennen – aber er half wortlos mit, obwohl er den linken Arm in der Binde trug.

Wir warteten auf den Morgen. Aus zwei Ästen und einem Mantel hatten wir eine Bahre zusammengeschustert und Roland darauf gelegt. Bis zum nächsten Dorf, wenigstens bis zur nächsten Behausung wollten wir ihn mitnehmen. Er lag ganz ruhig, tot war er nicht; es klopfte noch die Uhr des Lebens.

Den Wald hatten wir umgangen. Hinter uns leuchtete noch die Fackel des Strohschobers. Wir schöpften Atem – wir wollten ruhen, schlafen. Aber wir durften nicht! Wir leckten den Schnee, um den großen Durst zu stillen; wir knabberten an einem gefrorenen Stückchen Brot, um die quälende Stimme des Magens zum Schweigen zu bringen.

Am Morgen zogen wir über ein von Granaten aufgewühltes Feld. Es lag Trichter an Trichter. Vor uns stieg aus dem Nebel, der über dem Boden schwebte, ein Dörflein hervor. Uns befiel eine große Gleichgültigkeit – alles war uns egal. Wir wankten vorwärts, vorne zwei, hinten zwei und auf der Bahre lag Roland. Das war der Rest, der geblieben war. Der Rest, der nun so willenlos war und sich in die Hände des Feindes geben wollte. Aber wie erstaunt waren wir, als uns nicht Feinde, sondern Freunde empfingen, als uns die Frauen sogar Kaffee und Kuchen brachten! Ein Paradies, als man uns auf einem Wagen weiter zurückschaffte. Die Glocken des Sturmes läuteten uns zum Frieden.

Ich erwachte erst wieder, als ich in einem weiß bezogenen Bett lag und das alte Lied zu mir erklang, das Lied des Zuges: tack-tack, tack-tack ... In der Nähe von Litzmannstadt* hatte man uns in einen Lazarettzug gelegt, der uns quer durch ganz Deutschland nach Würzburg bringen sollte. Ich rieb mir die Augen und schaute erstaunt umher. Gegenüber lag Roland. Er schlief noch. In gleichmäßigen Zügen hob sich seine Brust. Ich wollte mich drehen, musste aber erstaunt feststellen, dass ich es nicht konnte. Meine Beine waren so schwer wie Blei. Was hatte man damit gemacht? Sie lagen beide in tiefem, harten Gips, was mich bei den ständigen Fliegeralarmen noch heftig behindern sollte. Von draußen winkte die Winterlandschaft, von draußen winkten die Menschen, die auf den schneebedeckten Wegen mit ihren Wägelchen nach Westen zogen. Was war geschehen?

Ach ja: Wir hatten diese Züge, diese Karawanen schon gesehen. Es kam die Erinnerung zurück. Ich glaubte, es sei vor Tagen gewesen. Aber ich wusste nicht, wie lange ich geschlafen hatte. Wie lange hatte mich die Ohnmacht in ihrem Bann gehalten? Ich entsann mich: Da suchten arme Menschen ihr Heil in der Flucht und standen mit ihren Wagen vor einem Graben; sie konnten nicht weiter, weil die Vernichtungswut die Brücke in die Luft gejagt hatte. Wir baten bei ihnen um ein Stückchen Brot, als wir beinahe vor Hunger zusammenbrechen wollten. Ja, das stimmt – ja, das war geschehen!
Ich hörte noch die klagende Stimme, die aus einem Wagen drang. Als ich hineinsah, lag dort ein neuer Erdenbürger und schaute in die Welt, geboren auf der Straße im kalten Winter. Wir aber eilten in den nahen Wald, als wir das Rasseln von Panzerketten vernahmen. War es geschehen – ja oder nein? Drei Panzer jagten ihre Maschinengewehrgarben in die Wagen hinein, drückten sie zusammen und schoben das zerbrochene Häuflein in den Graben. War die Mutter mit dem kleinen Kind auch dabei? Hatte ich es geträumt oder war es tatsächlich passiert? Das Lied des Zuges wiegte mich wieder ein: tack-tack, tack-tack ...

X.

Wochen später zeigten unsere Gesichter, dass wir vorerst den Klauen des Todes entkommen waren. Wir schauten aus den Fenstern einer kleinen Stube. Von der Dachrinne hingen noch einzelne Eiszapfen, an denen aber schon die Strahlen der Sonne Tropfen herabfließen und zur Erde fallen ließ. Roland hatte sein Büchlein, das er noch immer besaß, auf die Bettdecke gelegt und blätterte darin.

„Du, Richard – weißt du noch, wann ich diesen Spruch schrieb: ‚Am Himmel standen korngesät die Sterne'?" „Oh ja, ich habe noch nichts vergessen."

Rolands Mutter und meine Eltern konnten nicht mehr kommen. Bei ihnen waren schon die Feindmächte einmarschiert. Wir wussten nicht, ob sie überhaupt noch am Leben waren. Auch von Annette konnte Roland nichts erfahren. Sollte es wirklich das erste und letzte Mal gewesen sein?

Wir mussten wieder laufen lernen! Bald versuchten wir es mit Stöcken. Bald versuchten wir es Arm in Arm. Bald versuchten wir es – wie kleine Kinder – halb krabbelnd alleine. Uns trieb eine besondere Kraft: Wir wussten, dass uns der Krieg nichts mehr zu sagen hatte! Es war die Kraft der Heimat, die uns rief! Und eines Tages waren wir so weit: Wir mussten uns beeilen, denn ein angeblicher Freund schien etwas erfahren zu haben. Als wir das Zimmer verließen, sagte er mit knirschenden Zähnen tatsächlich: „Ihr seid Feiglinge." Nein – wir waren keine Feiglinge! Uns galt das Wort:

> Wenn ein Volk in Not ist, wenn es sieht,
> dass es in den Tod geführt wird dank seiner
> Lumpen, den Führern, so gilt kein Eid mehr!

Wir waren frei! Nächtens zogen wir durch die Wälder, bis man uns eines Tages stellte. Unsere Papiere hatten wir verbrannt; mit unseren dreckigen Anzügen sahen wir wie Landstreicher aus. Man verhörte uns, und dann schritten wir in der großen Kolonne mit dem dumpfen Schritt geschlagener Heere in die Gefangenschaft.

An den Straßen standen die Menschen und vergossen Tränen, Frauen um Männer – Tränen um Trümmer, um Leid, um Ausweglosigkeit.

Eine große Erleichterung kam über die Menschen. Sie schienen plötzlich mit Augen beschenkt worden zu sein – nicht alle, aber viele. Sie hatten erkannt, dass sie mit dem Tod getanzt hatten. Es war ein deutscher Totentanz gewesen!

Wir aber marschierten hinter Stacheldraht, gaben wieder die Freiheit preis – wir wussten jetzt, was Krieg bedeutet: Wir hatten fremde Länder gesehen; wir hatten auf fremdem Boden geruht. Doch war es der gleiche Himmel; es war die gleiche Sonne, die zum Erbarmen heiß brannte und unsere Zungen am Gaumen kleben ließ. Mit müdem Schritt und hartem Stumpfsinn kehrten wir heim – die kehrten heim, die noch ein Heim hatten. Was hatte man gemacht, was war geschehen?

Eine Frage ließ uns nicht mehr los: die Frage nach dem Warum! Sie türmte sich für so viele auf, die nicht heimkehren konnten oder die noch auf dem Wege waren und – wie wir – nach Wegweisern schauten: Wohin soll nun der rechte Weg führen? Die Fragen nach dem Warum und Wohin erhoben sich für Millionen, die von dem schwarzen Schiff des Krieges nun an den Strand der Trümmer geworfen waren.

Das, was man äußerlich sah, war kein Deutschland mehr! Kein Reich mehr – nur noch ein zerstückeltes Etwas. Das, was man sah, waren unheimliche Kräfte, unfassbare, die unter dem schweren Mantel der Not sich im Volk erhoben hatten und denen nun die Menschen auf Gedeih und Verderb ausgeliefert waren. Es waren die Gestalten, die an den Ecken standen und mit ihren Worten weiteres Gift in die Menschen impften, um den Todesstoß richtig zu Ende zu bringen. Das konnte man sehen. Aber das konnte doch keine Antwort auf das Warum sein – nein!

Konnten diese Gestalten überhaupt eine Antwort geben, eine Antwort, die die Toten forderten, eine Antwort, die die Trümmer verlangten, eine Antwort auf die die Lebenden warteten? Nein! Sie waren dazu da, alles in Grund und Boden zu treten; sie erschienen, sie wuchsen aus dem Boden der Vernichtung, nur um für sich selbst ihren Vorteil zu suchen, nur dieses Ziel vor Augen, das allen Egoisten eigen ist. Glaubten sie, die Probleme dadurch zu lösen, dass sie den Soldaten die Schuld gaben oder der Jugend?

Roland ging schwermütig durch den Tag. Er suchte seine Mutter; er wartete auf eine Nachricht von Annette. Er wartete vergebens! Nur ein anderer Brief erreichte ihn, ein Brief, der die schönen Stunden wachrief, aber mit Schrecken. Er war davon gefahren, ohne zu danken – nein, er konnte ja gar nicht ... Menschen hatten ihn gefangen gesetzt, aber auch später hatte er es versäumt, die Keime der jungen Liebe, die ihm zugefallen waren, zu hegen.

Die Keime der Liebe brauchen einen Gärtner, der weiß, zu welcher Zeit zu düngen ist, und der das Kraut kennt, das die Keime vernichtet. Aber er war kein Gärtner gewesen; er hatte wie ein Stoffel die zarten Pflanzen zertreten. Er ließ sie warten und stillte nicht den Durst, den Rosita nach ihm und seinen Briefen empfand. Er ließ sie warten, bis sie in ihrer Trostlosigkeit keinen Ausweg mehr fand.

> Lieber Roland,
> ich weiß zwar nicht, mit welchen Gefühlen Du den Brief aufnehmen wirst, doch hoffe ich, dass Du nicht allzu schlecht von mir denkst. Einen Fehler macht wohl jeder Mensch im Leben einmal, und es schadet gewiss nichts, wenn man vom Schicksal einmal grob angefasst und hin und her geworfen wird. Ein altes Sprichwort sagt schon – durch Schaden wird man klug.
> Ich habe manche Stunde gewartet, habe manche Stunde wach gelegen und Tränen vergossen, habe so oft am Brunnenrand gestanden und in das Wasser ge-

schaut. Alles war umsonst – nichts hörte ich; ich war verzweifelt. Ich war verlobt, doch besteht die Verlobung seit einer Woche nicht mehr. Verurteile mich nicht so schnell. Ich hatte diesem Menschen vertraut, habe geglaubt, dass alles Wahrheit ist, was er mir erzählte. Glaube mir: Ich habe in die tiefsten Abgründe einer Menschenseele schauen müssen. Ich habe während der drei Wochen, die wir verlobt waren, in die Hölle gesehen und ein Stück selbst davon erlebt.

Ach, Roland! Das war wohl die Strafe dafür, dass ich nicht warten konnte, dass ich nicht treu sein konnte, dass ich Dir nicht vertraute.

Das Leben bringt oft ungeahnte Verwicklungen. Seine Schule müssen wir wohl alle mitmachen. Mir fällt gerade ein schöner Spruch ein: Das Erste und Wichtigste im Leben ist, dass man sich selbst zu beherrschen sucht, dass man sich mit Ruhe dem Unabänderlichen unterwirft und jede Lage – die beglückende wie die unerfreuliche – als etwas ansieht, woraus das innere Wesen und der eigentliche Charakter Stärke schöpfen können. Stark sein im Schmerz, nichts wünschen, was unerreichbar oder wertlos ist, zufrieden sein mit dem Tag, wie er kommt, in allem das Gute suchen und Freude finden an der Natur! Für hundert bittere Stunden sich mit einer einzigen trösten, die schön ist!

In der Hoffnung, dass meine Grüße Dich in Gesundheit erreichen,

verbleibt Rosita

Roland legte das Schreiben aus den Händen und schaute mit wehmütigem Lächeln zum Fenster hinaus. Auch sie war nicht mehr zu Hause, auch sie hatte der Krieg ebenso vertrieben wie so viele, die heute noch auf der Straße lagen und mit hängenden Köpfen und weinenden Herzen eine neue Heimat suchten. Die Menschenherzen waren so hart geworden, die Saat, die der Teufel gesät hatte, trug ihre Früchte.

Ja, in dieser Zeit, wo die Nebel sich so dumpf auf die Gemüter der Menschen legten, gab es wenige frohe Botschaften. Jeder klagte und heulte, und am meisten heulten die, die am wenigsten Grund dazu hatten. „Und Tag für Tag höre ich von neuen Gräueln, höre das Schluchzen der Frauen, das laute Fluchen der Männer." Da erhoben sich immer wieder die Fragen nach dem Grund, den Ursachen – nach dem Warum!

Unsere Gedanken waren noch zu eng und spürten den dumpfen Druck, den die Erlebnisse des Krieges, den die Eintönigkeit der Gefangenschaft uns gebracht hatte. Wollten wir auch schon einmal mit dem besten Willen darangehen, Ordnung zu schaffen, so erkannten wir bald in dem Labyrinth von Gedanken nicht mehr den Anfang, viel weniger aber noch das Ende.

Unsere Jugend ließ uns zunächst nur das Wort Verrat finden. Aber ständig riss uns der Strudel wieder in die Ausweglosigkeit hinab, sodass wir alles gern zur Seite legten, um in der Natur nach Ordnung zu suchen. Eines aber konnten wir sagen: Alles musste das Werk finsterer Mächte, unerbittlicher Dämonen, ein Werk des Teufels sein, dessen Name ja nichts anderes bedeutet als Durcheinanderwerfer! Ja – er hatte hier tüchtig durcheinandergeworfen. Mit ein wenig Wahrheit in der linken Hand – aber mit verstecktem Lug und Trug bis zum Überlaufen vollgestopft – hatte er dieses Chaos geschaffen. Und seine Macht war noch nicht gestorben, diese nach Schadenfreude lechzende, dunkle Macht. Er hatte Menschen verführt und würde versuchen, sie immer wieder aufs Neue zu verleiten – ihm zum Genuss, den Menschen zum Verdruss.

Es zogen die Monate vorüber, Monate der Sorge, der Ungewissheit, der Angst und der Not. Es hatte sich nichts geändert bei uns, nur die Natur war weitergeschritten. Der Herbst war wieder in das Land gekommen, die Sonne schien noch auf den bunten Wald, aber es war nur ein müdes Lächeln. Ein Sterben war es noch nicht, ein Schlafengehen vielleicht. Der Tau auf den Gräsern funkelte wie kostbare Steine. Und auch die heiseren Schreie, die aus der Luft erklangen, meldeten den Herbst. Hoch oben zogen in Keilform die Kraniche vorüber. Deutlich konnte man sie an den langen Hälsen erkennen. Nicht lange und ihr Zug war den Augen entschwunden.

Oft saßen Roland und ich in der gemütlichen Stube des Herrn Professor, der in der ersten Etage wohnte. Er war nach dem Zusammenbruch zurückgekehrt, zurückgekehrt aus der Welt des Hasses und der Vernichtung, wie er sagte. Er war zurückgekehrt aus der Gefangenschaft im eigenen Land. Ja, man hatte ihn während des Krieges in der Nacht weggeschafft, unauffällig, ohne einen Grund anzugeben. Zunächst hatte er Wochen im Gefängnis gesessen, bis er eines Tages auch dabei war – bei den Opfern, die in ein Lager gefahren wurden. Zerrissene und geflickte Sachen hatte man ihnen gegeben und eine Nummer. Nun stand er Morgen für Morgen, Abend für Abend an dem Platz seiner Nummer; die kleineren Zahlen wurden immer weniger, und damit ... er sprach es nie aus. Tag für Tag musste er im Steinbruch arbeiten, schwere Arbeit, bei einem Essen, das ein Hund verschmäht hätte. Tag für Tag sah er, wie ein Mensch nach dem anderen auf einen Holzbock gespannt wurde und unter den rohen Schlägen seinen Körper vergebens bäumte. Bald würde auch der Professor an der Reihe sein, musste er fürchten.

Auch sie fragten sich damals: Warum? Aber diese Frage schlief bald unter der Mattigkeit des Geistes und des Körpers ein.

Roland wartete immer noch. In den letzten Tagen fühlte er sich ganz und gar nicht wohl; er klagte über Schmerzen, über eine Mattigkeit, die den ganzen Körper befallen hatte. Einmal hatte er gehofft; er hatte gehofft in der Gefangenschaft; er hatte sich gefreut, als wir die Heimreise antraten; er hatte noch Glauben gehabt, als wir schon Wochen wieder als Menschen lebten, Glauben gehabt, seine Mutter zu sehen, Hoffnung gehabt, Annette wieder zu sprechen.

Nichts war geschehen, alles verlor sich in einer tiefen, quälenden Ungewissheit. Ein anderes Bild drängte sich in diesen

Tagen wieder in den Vordergrund, nicht die Stunden in der Kalesche, nein, die Stunden auf dem Gut am Brunnenrand. Rosita hatte wieder geschrieben, einen Brief, der unter Tränen verfasst war. Man sah es deutlich an dem gewellten Papier und an den ausgelaufenen Schriftzeichen; es war ein Brief, dessen Inhalt selbst Männer zum Weinen brachte. Ihre Mutter war vor einigen Tagen zu ihnen gekommen, matt und schwach.

Sie hatte gerade noch so viel Zeit, dass sie uns ihre Geschichte erzählen konnte; dann legte sie sich ins Bett und starb. Meine Mutter und ich hatten uns auf der Flucht verloren. Ich kam nach Wochen hier bei meinen Verwandten an. Mit Sehnsucht stand ich täglich da und wartete. Es wurden Monate, bis sie kam. Man hatte sie von der Straße aus aufgegriffen und in Etappen weit, weit nach Osten verschleppt. Unendliche Wälder umlagerten die Gefangenen. Dort gingen sie Tag für Tag hinein und fällten Bäume. Frauen mussten schuften, dass ihnen der Schweiß aus den Poren trat; sie mussten schuften, bis sie mit ihren wunden Händen kein Gerät mehr anfassen konnten und nicht einmal mehr ihren Löffel mit der kärglichen Suppe zum Mund führen konnten. Das taten sie, ohne zu denken, sieben Monate lang. Nur eines noch lag in ihnen verborgen, nur eines wünschten sie. Mit gefalteten Händen fielen sie auf ihre Knie: „Ach Gott, beschütze unsere Kinder und mache unserem Leid ein Ende oder sei so gnädig und führe uns zurück, sodass wir sie noch einmal sehen können, dann nimm uns mit!"
Dieser Glaube hat sie hochgehalten und Gott hat ihr Flehen erhört. Der bestimmte ein Volk, das dafür eintrat, dieser Unmenschlichkeit ein Ende zu bereiten. Sie kehrten zurück mit den gleichen Sachen, die nur wie Lumpen an einem Skelett herunterhingen; sie kehrten heim und starben.

Eine traurige Waise bleibt zurück.
Rosita

„Arme Rosita – ohne Eltern, ohne Heimat, ohne irgendeine Freude! Das Herz möchte zerspringen, aber wir Menschen sind ohnmächtig", meinte Roland mutlos.

XI.

Durch den Abend läuteten wieder die Glocken. Roland dachte nach, wer schon wieder gestorben sein mochte. Er faltete seine Hände und fragte laut: „Ach, Mutter, lebst du noch? In dieser Zeit der Unordnung sterben so viele. Sie gehen dahin, die Menschen – den einen schickt eine heimtückische Krankheit ins Grab, der Nächste stirbt an der Verzweiflung und wieder andere sterben am Hunger. Es sterben Arme und Reiche."

„Komm – Roland!", meinte ich und versuchte, ihn von seiner Trübsal abzulenken: „Wir wollen einmal zu unserem Professor gehen. Ich habe ihn etwas zu fragen."

So stiegen wir die Stufen mit Schwermut hinauf und klopften scheu an die Tür. Von drinnen kam ein lautes „Herein" als einladende Antwort. Der alte Herr, dem die Spuren des Lebens auf dem Gesicht geschrieben standen, drehte sich – am Schreibtisch sitzend – um und erhob sich, als er uns erblickte. Er nahm uns freudig in die Arme und bot uns einen Platz an.

„Ja, Freunde. Was führt euch denn zu mir verknöchertem Alten?" Roland zog den Brief aus der Tasche und sagte: „Das hier, Herr Professor!" Während der alte Herr sich in den Brief vertiefte, schweiften meine Blicke in dem Raum umher, den ich doch schon kannte. Vor dem Fenster, das mit Blumen bestanden war, war der Schreibtisch mit Bildern, Büchern und einem Globus platziert. An der Wand hing ein Bild des mit Dornen gekrönten Hauptes Jesu, darunter war eine Couch.

„Herr Professor reiht sich dieses Leiden nicht an die unzähligen Opfer, an die Trümmer in der ganzen Welt, an die Vernichtung überhaupt ... Und erhebt sich nicht von Neuem wieder die Frage: Warum?"

Bedächtigen Schrittes ging der gelehrte Mann zum Schreibtisch, holte die Weltkugel und begann mit ernster Stimme. „Das ist ein Globus. Wir können jedes Land sehen. Alles ist darauf angedeutet, aber etwas sehe ich noch, das in der Darstellung fehlt: Über jedem Erdteil, über jedem Stückchen Land erhebt sich der Auswuchs eines Eiterpickels und hier auf unserem Boden, auf unserer Heimat ist dieser Exzess ausgelaufen und hat alles vergiftet und verseucht. Man sitzt vor dem Werk hier wie der Schöpfer – würden Sie auch am siebenten Tage sagen, es sei gut? Dieser Eiter sind wir Menschen selbst: unser Drang nach Macht, unsere Gier nach Geld, unser Egoismus!

Was ist nur passiert? Wie konnte das alles geschehen?

Vor mir steht seit meinen frühen Leidenstagen das drohende Gerippe des Todes. Es steht vor mir, seit ich als kleiner Junge am Bettrand meiner eben eingeschlafenen Mutter Tränen vergoss. Das Bild des Todes folgte mir hinaus in den Krieg, den ich damals mitmachte; es wich nicht von mir. Es kam wieder mit dem Heulen der Sirenen, mit dem Zusammenstürzen der Häuser. Es stand ganz dicht vor mir, als ich als Nummer hinter dem Draht auf dem Platz mit dem Galgen wartete. Es streckte die Hand nach mir aus und wollte mich berühren, aber ich lebe noch – wie durch ein Wunder! Vor wenigen Tagen stand das knochige Gerippe wieder vor mir; diesmal war es nur im Spiel: Es führte den Kaiser und den Bettler, die Krämerin und den Vogt, die Mutter und das Kind hinweg. Es nahm ihnen das Leben.

Dieses Bild, diese Gestalt musste doch eine Bedeutung haben, musste doch etwas sagen – und ich glaube, sie sagte auch etwas. Sie hob den Finger und mahnte.

Auch wir stehen mit unserem ganzen Volk am Grabe. Wir suchen eine Hand, die uns führt. Aber ach, mögen wir nicht – wie die Buhle im Spiel anstatt dem Liebhaber – dem Tod die Hand reichen und mit ihm tanzen! Mögen unsere Augen nicht blind sein und erst geöffnet werden, wenn es zu spät ist. Ich glaube, so haben wir getanzt! Und das ist nach meiner Ansicht der Punkt: Wir haben in unserer Verblendung mit dem Tod getanzt, ein deutscher Totentanz!

Ich habe in den Stunden der Ruhe und Besinnung immer wieder gefragt, habe um eine Erleuchtung gebeten, habe gefleht, dass man mir erkläre, was das Bild des Todes zu bedeuten hat. Nun glaube ich, den Weg zu kennen.

Sie fragen genauso wie viele tausend andere: Warum ist das geschehen? Wohin führt jetzt unser Weg? Bevor wir aber wieder vorwärtsgehen, wollen wir erst einmal uns von Grund auf reinigen, wollen den Acker – wie der Bauer es tut – zur neuen Saat bereiten.

Wir sind ein Volk, das am Boden liegt, ein Volk, das militärisch zerschlagen, wirtschaftlich vernichtet und politisch zerfallen ist. Alles, was aus der Vergangenheit geblieben ist, ist ein Chaos. Millionen von Menschen stehen vor den Trümmern ihrer Welt, stehen aber auch vor einer unumstößlichen Tatsache und einer klaren Erkenntnis: All der völkische Wahn der Überlegenheit war nichts als ein riesiger Irrtum!

In unserem Land stehen heute die Sieger; ihre Maßnahmen treffen Gerechte und Ungerechte – das ist so gewesen, das wird auch so bleiben. Die Heimsuchung für unser Volk ist schwer. Aber eines dürfen wir dabei nicht vergessen, nämlich, wem wir unser Elend verdanken, wer die Quelle unserer Umwälzung war. Haben wir diese Erkenntnis, dann kommen wir einen Schritt weiter. Es sind nicht die Engländer gewesen, die uns ausrotten wollten. Es sind nicht die Amerikaner gewesen, die uns ausradieren wollten. Es sind nicht die ‚asiatischen Ungeheuer' – wie man sie nannte – gewesen, die uns erdrücken wollten. Jeder Mensch, jedes Volk sollte erst den Balken in den eigenen Augen erkennen, ehe es den Splitter in anderer Leute Augen sucht. Das muss erst klar sein, denn unser Blut ist durch ein Gift verseucht; es waren nur wenige Tropfen, die man uns einimpfte, aber diese Tropfen vermehrten sich rasch. Von diesem Gift müssen wir frei werden! Es werden alle gebraucht; wir können nicht die ausschließen, die zu spät zur Einsicht kamen, die von der Wahnidee mit fortgerissen waren. Denn wenn wir sie ausstoßen, werden wir uns mehr und mehr zersplittern. Wir sind aber alle nur Menschen!

Ich will das Gift, das uns eingeimpft wurde, einmal ‚Mythos' nennen. Ein Mythos ist keiner Vernunft zugängig, ein

Mythos ist ein Gefühl. Hat man den Mythos in einem Menschen einmal erschaffen, so man ihn mit Haut und Haaren gewonnen. Er verschreibt sich, so wie Doktor Faust sich mit seinem Blut dem Teufel verschrieben hat. Man hat die vollkommene Macht über den Menschen erlangt!

Und die Macht ist wohl auch ein Punkt, der eine Erklärung gibt auf das Warum. Jeder Mensch ist von dem Dämon der Macht mehr oder weniger ergriffen; das sehen wir bis in die Gegenwart. Schaut euch doch einmal einen kleinen Bürovorsteher an: Wie will er seine bescheidene Macht zum Ausdruck bringen? Erinnert euch an den Kasernenhof!

Diese Macht führte uns. Aber wie kamen die Mächtigen zu ihrer Macht? Es halfen ihnen die Herren aus der Schwerindustrie! Denen versprach man, die Arbeiter willig zu machen, denen versprach man, die Streiks zu unterbinden – das, was die Kapitalisten am meisten fürchten. Sie öffneten ihre Säckel und gaben das Geld. Dazu gesellten sich die Unzufriedenen, die Abenteurer und die, die ihre Hoffnung auf das Militärleben gesetzt hatten und gestrauchelt am Wegesrand lagen. Sie lockte der Gedanke einer neuen Wehrmacht.

Von diesen ging nun die Weltanschauung aus, die für jeden etwas hatte – etwas Germanentum, etwas Neuchristentum, etwas Heidentum, viel Rassenwahn und sehr viel Herren- und Übermenschentum.

Es gab schon Mahner in Deutschland, doch ihre Worte klangen kühl, ihre Worte waren kurz, denn über ihnen schwebte das Beil des Todes.

Den Grundsatz ‚Gerechtigkeit erhöht ein Volk' hatte man umgewandelt in: ‚Recht ist, was mir nützt!' Viele wollten vielleicht noch aus dem Theater fliehen, als die Geschütze eine ernste Sprache zu sprechen begannen. Aber da waren alle Zugänge versperrt – man hatte die Masse gefangen!

Mit Ehrfurcht neige ich mein Haupt vor denen, um deren Hälse sich nicht Orden und Auszeichnungen legten, um deren Hälse sich vor unseren Augen der Strick des Henkers legte oder auf die sein Beil sich senkte ."

So sprach der Professor, und er erhob sich, ging zum Ofen und legte einige Scheite Holz auf. Wie mochten ihn wohl die Bilder der Erinnerung quälen?

Doch gleich fuhr er fort: „Das ist nun vergangen, aber was liegt vor uns? Die einen sagen, dieses oder jenes müsse geschehen; die anderen werfen der Jugend eine Schuld vor. Aber wir wollen nicht streiten! Die Jugend trägt keine Schuld. Sie war wie ein Kind, das einmal froh ist, der Mutter entlaufen zu sein, und hinausrennt in die Welt. Gab es für die Jugend einen anderen Weg?

An den Ecken stehen finstere Kerle herum. Ihre Mützen haben sie tief in das Gesicht gezogen und eine Zigarette glimmt in ihrem Mund. Armes Deutschland, wenn diese Leute zu Richtern oder Regenten würden! Die Jugend ist heute verraten; der Krieg hat alles vernichtet. Aber auch er hat zwei Seiten. Ich will damit nichts Falsches sagen! Um keinen Preis sollten wir nach ihm trachten, denn der Krieg ist der Vernichter von Städten und Dörfern. Er ist Vernichter der Humanität, Vernichter des Glaubens an die Menschheit. Er bringt Tod, erschüttert und begräbt die Tugenden. Die jungen Männer erfuhren durch ihn den Hass, verkamen zu einer Rohheit, die so weit ging, dass sie im Gefangenenlager den Kameraden wegen eines Stückchen Brots angingen.

Dennoch hat der Krieg auch eine zweite Seite, die Seite der höchsten Lebenskrise, der Hingabe und Aufopferung. Ich erinnere mich in meinem Alter noch an den Ersten Weltkrieg. Wir lagen vorne im Graben, die Köpfe konnten wir nicht heben, denn der Gegner war auf uns eingeschossen. Da heulte ein Mensch vor unseren Reihen auf, ein Kamerad. Trotz der Gefahr sprang einer hinaus und rettete den Blutenden. Diese Hingabe war mehr als Mut, mehr als Kameradschaft – es war nicht das einzige Mal in meinem Leben, dass ich derartiges Heldentum erlebte. So wird es euch auch ergangen sein, denn wir sind ja nicht alle nur sture Soldaten oder verrohte Landsknechte gewesen.

Das sind die Voraussetzungen zu dem Wohin! Das müssen sich heute Parteien und Staat und Kirche überlegen. Wir haben in diesem Wahnsinn alles verloren, nur eines haben oder können wir gewonnen haben – eine Erkenntnis, die nicht alle in der Welt besitzen! Die Eiterpickel werden überall einmal reif: Entweder sie trocknen ein und vergehen, oder aber sie platzen und das Gift fließt und vernichtet.

Zwar ist der Krieg vorbei, aber die Angst ist noch nicht verschwunden. Was nun hält die Menschheit in Angst gefangen? Ich möchte am Ende das Bild des Todes wieder anführen, das Bild, das mich auf meinem Lebensweg begleitete. Der Tod kann seine Sense über die ganze Erde drehen! Es geht alle an in dieser Zeit, in einer Zeit, in der sich die Massen erheben. Einmal wird gerecht gerichtet werden. Ja, so wird es kommen ... einmal! Lasst uns friedlich sein in einer Zeit, in der bald die Botschaft erklingen wird: ‚Frieden auf Erden und den Menschen ein Wohlgefallen'!"

Am Heiligabend fielen Flocken vom Himmel. Ich eilte im tiefen Schnee durch die Stadt; ich hatte keine Zeit zu verlieren! Durch die Fenster klang es hinaus: „Christ ist erschienen, uns zu versühnen: Freue dich, freue dich, o Christenheit!"

Ich hastete weiter; ich hatte keine Zeit am Heiligabend – jetzt! An der Ecke stand ein Knabe und jammerte; er fror. Keine Handschuhe bedeckten seine Hände. Sie waren schon ganz blau. Er sprach mich mit weinender Stimme an: „Ich habe mich verlaufen. Wo ist der Wiesenweg?" Unter seinem Arm hielt er einen Tannenbaum geklemmt. „Zwei Straßen weiter", rief ich ihm zu und eilte fort. Ich hatte keine Zeit, denn Roland lag im Fieber, und ich suchte den Arzt.

Es stand nicht gut um meinen Freund; der Arzt zuckte die Achseln. Wir trugen den Kranken in das Wohnzimmer, und noch einmal leuchteten seine Augen beim Anblick der Kerzen auf. Er stammelte einige Worte: „Ach, so schön war es bei meiner Mutter! Wo wird sie wohl sein?" Er winkte mir lässig mit der Hand und so trat ich an sein Lager, setzte mich an den Rand.

„Richard! Ich nehme Abschied. Es geht nicht mehr weiter. Ich danke dir für alles, für alles, was du mir gegeben. Es sind nur Worte, die ich dir sagen kann, aber sie kommen mit der Liebe, der letzten Liebe, die aus meinem sterbenden Herzen strömt. Noch einmal ziehen alle Bilder vorüber: Vor mir steht die Not, die uns enger zusammenband – vor mir steht Annette. Nimm das Büchlein an dich und sende es ihr zurück, wenn du einmal etwas erfährst, oder gib es meiner Mutter, meiner weisen Mutter. Sie hat alle überlebt – meinen Vater und mich! Oder mag auch sie schon in der kühlen Erde ruhen? Dann werde ich sie bald sehen. Lebe wohl!"

Tränen stiegen mir in die Augen. Er streckte mir seine Hand hin, die schon fast kalt war. Er legte den Kopf zur Seite und schlief ein.

Wieder hatte der Tod eine Blume geknickt. In Rolands Augen stand nicht mehr des Lebens Licht, kein Wort mehr kam über seine Lippen – er war von uns geschieden. Trotz allem lag Zufriedenheit in seinen Zügen. Mein bester Freund war tot!

Wir betteten ihn in einen dunklen Sarg und trugen ihn zu Grabe. Die frische Erde deckte ihn zu und auf den Kreuzschleifen stand: „Zum letzten Gruß!"

XII.

Mutter – ich habe nun geantwortet. Ich weiß, dass Ihnen Tränen in die Augen steigen werden, aber einmal musste ich alles erzählen. Ich habe geantwortet auf Ihre Bitte; ich habe die Bitte der vielen Sterbenden verkündet und erfüllt. Eine Bitte an die Eltern, eine Bitte an die Völker.

Die Toten sind stumm, nur ihr Blut schreit gen Himmel, das Blut, das uns mahnt, die Wahrheit zu sagen – die Wahrheit darüber, was Krieg wirklich heißt: Vergesst es nie!

Krieg ist mehr als Schlachten. Krieg ist Vernichter der Menschen und ihrer Hände Werk. Krieg bedeutet Not und Elend, Trümmer und Tod, bedeutet Umbruch und Untergang.

Der „Beweger des Menschengeschicks" –
der Krieg als „Vater aller Dinge" ist der Untergang!

Nachbemerkung

Geschrieben im Winter 1946/47, im Alter von 20 Jahren – wiedererhalten an meinem 88. Geburtstag, dem 4. April 2014: Bei der Abschrift sah ich all diese Dinge wieder vor mir. Es ist immer noch aktuell. Haben wir Menschen aus der Erfahrung des Krieges nichts oder wenig gelernt? Es scheint fast so.

Das Manuskript sollte bei der „Jugendausstellung" 1947 in München vorgelegt werden; doch hatte ich keine Zeit mehr, mich darum zu kümmern. Der Alltag und die Ausbildung haben es verhindert. Aber jetzt stehe ich voll dahinter und mahne!

Günther Siebert
Ansbach, April 2014

---

* Veränderte Ortsnamen:

Seite 49: Groß Ehrenberg (Dorf in Pommern), polnischer Name seit 1945: Przekolono

Seite 66: Hohensalza, kurzzeitiger deutscher Name (1904-20 und 1939-45) für die polnische Stadt Inowrocław

Seite 73 und 80: Litzmannstadt, kurzzeitiger unhistorischer Name (1940-45) der nationalsozialistischen deutschen Besatzer für das polnische Łódź

Zum Autor

Günther Siebert (Jahrgang 1926) wurde in Mannheim geboren und wuchs in Köln sowie im hessischen Melsungen – der Heimat seiner Eltern und Vorfahren – auf. Sein Vater Friedrich war Buchdrucker und als Sozialdemokrat gewerkschaftlich aktiv. Von den Nazis erhielt er Berufsverbot. Friedrichs erste Frau Berta Barbara schenkte ihrem Mann drei kräftige Söhne: Georg, Hugo und Günther. Sie verstarb früh 1934 im Alter von 44 Jahren. Friedrichs zweite Frau Elisabeth beglückte ihre Familie 1937 zusätzlich mit einer gesunden Tochter: Anna Elisabeth.

Günthers ältere Brüder wurden bereits zu Beginn des Zweiten Weltkrieges zu den Eroberungsfeldzügen in den Osten abkommandiert. Günther folgte ihnen im Frühjahr 1944. Während Hugo fiel, entkam Georg in letzter Minute der Einkesselung in Stalingrad. Auch Günther überlebte das Chaos des Truppenrückzugs nur äußerst knapp. Nach einem abenteuerlichen Heimweg wurde er von einem Nachbarn verraten und geriet in amerikanische Kriegsgefangenschaft (berüchtigtes Camp 404 Marseille), aus der er im Herbst 1945 – nur 50 Kilogramm wiegend – heimkehrte.

Stichworte des weiteren Werdegangs in aller Kürze:

Das Notabitur von 1943 wurde für ungültig erklärt. Ein Jahr lang musste wieder die Schulbank gedrückt werden – bis zum neuen Abitur. Ein Studium war nicht direkt möglich: Die Studienplätze waren sehr rar, die Universitäten teils zerbombt und eine Art Numerus Clausus gab den älteren Jahrgängen Vorrang. Die zweijährige Wartezeit ermöglichte eine Lehre als Autoschlosser mit Gesellenbrief – dann endlich: Jura- und Volkswirtschaftsstudium. Eine über 30-jährige Berufstätigkeit in der Bearbeitung von Verkehrsunfällen, mit Vortragstätigkeit als Verkehrsjurist schloss sich an.

Daneben Fußballerfolge in der Oberliga (der damals höchsten deutschen Spielklasse) und der Studentennationalmannschaft. Später, mit 40 Jahren, noch zum Tennisspieler geworden – mit unerwartet vielen Titeln, sogar als Europameister.

Viele Ehrenämter wurden bekleidet, dabei auch als Präsident eines großen Sportvereins.

BAYERISCHE MESSE-GESELLSCHAFT M.B.H.
BAVARIAN FAIR- AND EXHIBITION CO., LTD.-MUNICH

MÜNCHEN 12, am 25.April 194 7.

Abteilung: Jugendausstellung / Fe.

Herrn
Günther Siebert,
Melsungen/Hessen,
Schlosstrasse 10.

Wir danken Ihnen sehr für die Einsendung Ihres Manuskriptes
für die Jugendausstellung. Ob diese Arbeit bei der Ausstellung verwendet werden kann, wird ein besonderer Aus-
schuss noch entscheiden. Die Nachricht hierüber geht Ihnen
zur gegebenen Zeit zu.

Die Ausstellung selbst wird wahrscheinlich im Juli eröffnet
werden.

Hochachtungsvoll!

B.M.G.
Bayerische Messegesellschaft m. b. H.
Sekretariat

Anschrift: München 12
Theresienhöhe 14
Fernsprecher 74019

Bankkonto:
Bayerische Hypotheken-
und Wechsel-Bank
München Nr. 40366

Postscheckkonto:
München Nr. 4890

Ausstellungsleitung
Espenschau 1946/47:
Haus der Kunst, München
Fernsprecher 40527/42156

Bauleitung Südmesse 1947:
München
Theresienhöhe 14
Fernsprecher 74019

Bayerischer Wirtschafts-
Informations-Dienst:
München-Bogenhausen
Ebersberstraße 29
Fernsprecher 481123